Blick in die Seele und darüber hinaus

25 Kurzgeschichten aus dem Leben

von Horst Martens

Impressum

Blick in die Seele und darüber hinaus
25 Kurzgeschichten aus dem Leben
von Horst Martens

ISBN: 9783755735212
Adlerstein Verlag - www.adlerstein-verlag.de

Ausgabe vom 1. Dezember 2020

Alle Bilder von der Künstlerin IBI / Brunhilde Martens

© 2021, Horst Martens
Herstellung und Verlag: BoD – Books on Demand, Norderstedt

Vorwort

Manche Träume realisieren sich wie von selbst. Manche Beobachtungen des realen Lebens sind ebenso voller Eindrücke, dass sie den Autor verführen, diese zu Papier zu bringen. Er schaut in die Seelen der Ängstlichen, der Mutigen, der Reichen, der Armen, der Einsamen, der Schlechten, der Guten.

Immanuel Kant:

Die größte Angelegenheit
des Menschen ist, zu wissen,
wie er seine Stelle in der Schöpfung
gehörig und recht verstehe,
was man sein muss, um Mensch zu sein.

Inhalt

Seite

(1) Wolkengewand   7
(2) Da Capo   11
(3) Wenn der Mensch ruht   15
(4) Gute Nachbarschaft   17
(5) Nachruf   23
(6) Home shopping Asia   25
(7) Mac Allister   31
(8) Notiz ohne Namen   35
(9) Ich lebe bei Mutter   39
(10) Freie Auswahl   43
(11) Geschwister Grimm   47
(12) 15 Jahre   51
(13) Ungestille Seelen   61
(14) Mein Name ist Heiner B.   67
(15) Der grüne Punkt   75
(16) Unter Chiffre   79
(17) Sonnenfinsternis   85
(18) Einfache Fahrt   89
(19) Mausetot   93
(20) Der 1 Million Dollar Deal   97
(21) Von draus vom Walde komm ich her   101
(22) Nie nach oben flüchten   107
(23) Johnny Salmonidis   113
(24) Die Glocke   115
(25) Die 4 Fragen   121

Gedicht „Zeitverschiebung   125

Zum Autor   127

Wolkengewand
Schattens Traum: Der Mensch
Pindar

Einen Namen sollte ich ihm geben. Er könnte Pierre, John, Werner, Kai oder auch Abel heißen – letztlich ist es egal, ist er doch einer von uns, lebt er doch überall, könnte **'ER'** auch eine 'SIE' sein. Ich nenne ihn einfach Antjer, weil es den Namen meines Wissens nach nicht gibt.

Antjer fühlte sich verfolgt. Er ist bereits Mitte 50 und hat seit vielen Jahren seine Ruhe nicht mehr gefunden. Kinder hatte er nie und so fiel ihm die Scheidung von seiner Frau leicht. Nicht, dass sie sich auseinander gelebt hätten, nein, das nicht, aber er sehnte sich danach allein zu sein. Nicht allein zu sein war für ihn gleichbedeutend mit verfolgt zu werden und das hielt er nicht mehr aus.

Trotz der Abkehr von allem, was hinderlich sein könnte, ganz allein zu sein, gelingt es ihm nicht, die Trübung seiner Erfüllung zu verhindern. Antjer dringt tief ein in die Unverstehbarkeit seiner Gefühle, um zu ergründen, was ihn unfrei macht. Depressionen können es nicht sein, das weiß er. Was also erzeugt dieses undurchdringlich Dunkle, dass ihn auf der Grenzlinie zwischen Zufriedenheit und Sehnsucht wandern lässt?

Antjer verdunkelt die Fenster seiner Wohnung und schottet jeglichen Einfluss ab, der Lärm erzeugen könnte. Er verbarrikadiert sich gegen die Geräuschwelt und sucht nach der Antwort: Was wehrt sich dagegen, mich allein sein zu lassen? Was ist es, was verhüllt, ja gar undurchsichtig das Denken so trübt, dass ich die Lösung nicht finde?

Weder intensives Grübeln noch tagelanges Gedankenfasten bringt ihm die so sehr gewünschte Erkenntnis. Er muss raus aus diesem Haus, denkt er.

Spät abends sucht er seinen Weg durch die spärlich erleuchtete Altstadt. Das stetig schwindende Tageslicht wird von den

Gaslaternen übernommen. Und da ist es! Er hat es gefunden, das Problem. Es breitet sich vor seinen Augen aus wie ein sich selbst auflösendes stummes Monument! Sein Vertrauter ist es, der ihn so lange um sein Alleinsein dürfen betrogen hat!

Er selbst, Antjer, als Vermieter seiner Silhouette, hat nie daran gedacht, dass es sein eigener Schatten ist, der ihm die Ruhe missgönnt!

Die Hilflosigkeit verflüchtigt sich so schnell, wie sie durch den Lösungsgedanken ersetzt wird: Er muss weg, der Schatten.

Wie werde ich ihn los?, fragt er sich. Wie löse ich ihn auf? Wie verhülle ich seine Farblosigkeit, sodass er nicht mehr an mir klebt wie ein Wolkengewand? Wie verschleiere ich das zwielichtige Profil, um uns Zwillinge zu trennen? Tu ich ihm Unrecht, wenn ich ihn vertreibe? Gebe ich mir vielleicht eine Blöße, dann ohne Schatten zu sein? Was schon ist die tausendfache Frage der Ungewissheit gegen den Drang nach der Erfüllung des Lebens!

Dann hatte er sie, die Lösung. Sie ließ ihm beide Seiten offen. Ging es schief, konnte er zurück, erwies sie sich jedoch tatsächlich als Lösung, hätte er seine Freiheit. Hauptsache, er würde es ihm nicht übel nehmen, wenn er ihn abschüttelt, aber, wie abwegig sind seine Gedanken eigentlich, ein Schatten denkt nicht, ist er doch nur die Kontur und nicht der Inhalt.

Oder?

Einzig zögern an der Durchführung ließ ihn nur der Gedanke an die Angst vor dem dunklen Keller, in dem er seinen Gefährten überrumpeln wollte. Was wenn sein Gesinnungsgenosse dieses Verließ nutzen würde, um *ihn* zu täuschen und dort allein zu lassen? Was wenn sein Schatten ihn durchschauen würde und den Keller verlässt, sodass er, Antjer selbst, in diesem Schattenreich der Dunkelheit und Angst verloren wäre? Schon wieder diese Fragen!

Der Tag kam, an dem Antjer seinen Entschluss in die Tat umsetzte. Die Angst vor dem dunklen Keller, die Unerfahrenheit,

8

wie es zu bewerkstelligen sei, den Schatten dort abzulegen und ihn zu verlassen, ohne dass der Gesinnungsgenosse auch nur die geringste Chance hat, sich wieder an ihn zu heften, war kein Thema mehr. Nur: Es musste nachts passieren, um das Lichtspiel zu nutzen, dass seinem Schatten das Überleben garantiert.

Antjer betrat den Keller, nachdem er die Deckenlampe eingeschaltet hatte. Ganz deutlich bemerkte er, wie sich der Schatten hinter ihm breitmachte, ihm weiter folgte bis in die Nische, in der er seine Tagebücher verwahrte. Hier erlaubte ihm ein Schalter, das Kellerlicht wieder auszuschalten und nur für diese Nische ein spärliches Deckenlicht zu erwecken. Antjer bemerkte, wie sein Wegbegleiter wegschmolz, aber doch vor dem gänzlichen Vergehen bewahrt wurde.

Rasend schnell drehte er sich in die Dunkelheit hinein, in der Hoffnung, seinen Weg bis zur Kellertür, die in den Hausflur führte, zu finden, ohne dass sich sein Verfolger an ihn heftete. Der Triumph hängte sich vor die Schattenfurcht. Nur ein kurzer Moment noch bis in die ersehnte Unabhängigkeit.

Mit einem letzten Sprung erreichte er den Flur, im Flug den Türgriff haltend knallte er die Tür hinter sich ins Schloss. Da stand er nun im Dunkel, wagte kaum, den Lichtschalter zu betätigen in der Ungewissheit, ob er es geschafft hatte.

Eher einer flüchtigen Berührung gleich drückte er den Lichtschalter. Taghell erstrahlte der Flur, so hell, dass kein Schatten die Zeit fände, sich zu verbergen. In weiser Voraussicht hatte Antjer einen dimmbaren Schalter eingebaut. Diesen drehte er jetzt mit sorgsamer Präzision langsam zurück, um in die Welt zu gelangen, die Schatten für sich als ideal ansehen. Da war nichts! Antjer drehte sich um sich selbst, bückte sich, kniete nieder, warf sich pfeilschnell zur Seite, hüpfte, kugelte, ja katapultierte sich in jede nur denkbare Position, aber er hatte sein Ziel erreicht! Er war allein!

Er horchte an der Kellertür. Dort unten im Verlies rührte sich nichts. Ruhe! Es war, wie er es wollte. Er atmete tief durch. Ein neues Leben – das erste Leben! Endlich allein, nicht mehr unter Beobachtung!

Erst einmal trat kein Erfolg ein. Die Sehnsucht, endlich allein zu sein, tauschte den Platz mit der Einsamkeit. Fast dauerhaft begegnete ihm das Leben mit Leere. Am Strand, den er so liebte, begleite ihn nichts, weder in der Mittagssonne, noch in die Dämmerung. Er fühlte sich wie ein verwaister Solitär. So konnte er auch nicht leben, oder? Die Fremdheit der neuen Situation wich der Erkenntnis, wie falsch die Sehnsucht nach dem Alleinsein ist. Wer ist der Stärkere der beiden Kontrahenden Einsamkeit und Alleinsein? Er erkannte, dass er den Stärkeren verbannt hatte.

Er musste wieder gemeinsam mit dem Schatten gehen. Er muss sich ihn zurückholen. Verbannt hatte er ihn ja nicht, beruhigte er sich, nur in Quarantäne geschickt. Die Krankheit ist besiegt, kurz bevor er selbst zum Schatten wird.

Da Capo

Was friert, sucht Wärme. Was stirbt, kehrt wieder

Manchmal hatte er ihn satt, den ewig währenden Kreislauf des Seins. Mal ist es der Tod, dann wieder das Leben. Nicht dass er sich in seiner Form unwohl fühlt, nein, das ist es nicht, aber die Monotonie des Wechsels ermüdet ihn immer häufiger.

Er spürte, dass es wieder losging. Vor nicht einmal einer Stunde hatte es ihn hinaus getragen in den Wintergarten. Der laue Frühlingswind zog durch die offenen Fenster. Er war vorbereitet auf das, was kommen würde.

Nur kurze Zeit würde jetzt noch vergehen, bevor es an der Tür klingelt. Freunde werden kommen, männlich, weiblich, leise, lärmend, verschämt, vorwitzig und bekannt mit ihm. Sie werden sich setzen, nach den Wünschen gefragt werden und man setzt ihnen die Gläser vor, um den Aperitif zu kreieren.

Sie haben ein paar Fremde mitgebracht, die er bisher nicht kennengelernt hat, aber denen *er* nicht unbekannt ist. Die Fremden verhalten sich so, wie es Fremde tun: Leise, zurückhaltend und zuhörend, solange, bis der Prozess des Schmelzens beginnt.

Er selbst wird noch kurz so still verharren, wie er es gewohnt ist, wie er am Tisch abgesetzt worden war. Aber auch bei ihm wird sich der Prozess des Veränderns breitmachen, den er von den Fremden, die immer mal wieder kommen, schon so lange kennt, nur eben auf eine andere Weise. Er wird Schritte gehen müssen, nicht verharren dürfen. Er folgt dem Lauf der Dinge, wie sie sich seit Jahrmillionen wiederholen.

Er wird den Frühlingsabend nicht in den Sommer mitnehmen. Er selbst hat den anderen jedoch etwas voraus: Er weiß, dass die Erinnerung mitgeht, in welche Richtung auch immer er in eine andere Daseinsform eintauchen wird. Er hat gelernt, dass weder Trauer, noch Angst beeinflussen können, was vorbestimmt ist.

Der Prozess des Sterbens setzt ein. Ob er gebraucht oder benutzt wird, ob er beachtet oder missachtet wird, ob er erfrischt oder ermüdet, spielt für ihn keine Rolle im Jetzt. Es zählt für ihn nicht die Form seines Seins, weder flüssig noch fest. Sterben kennt er nur als eine andere Form des Daseins.

Irgendwann heute Nacht kommt der Moment, in dem er wieder weggetragen wird vom Tisch. Er wird diesen Abend wieder und wieder erleben, nur wann weiß er nicht. Man wird ihn in seiner Schale nicht in Ruhe lassen, er wird erfrischt vielleicht, aufgefüllt oder gar ausgetauscht zurückkommen: Als Eisstück auf den Tisch, in einer Schale oder auch im Glas der Anderen, sowohl der Freunde als auch der Fremden.

Nicht immer sucht Wärme, was friert.

Wenn der Mensch ruht, ist Gott auf der Erde

Franz hat Inge verloren. Franz hat Gott verloren. Franz hat alles verloren. Gott hat Franz vergessen. Gott hat die Erde verlassen, wie Inge.

Nur wenn der Mensch ruht, kommt Gott noch auf der Erde. Was soll er hier auch während der übrigen Zeit? Gott hat sich abgesprochen, mit dem Mond, der zum Auge wird, um zu berichten, mit den Fischen, die nur noch eine Richtung kennen, mit den Toten, die ihre Gräber längst verlassen haben, mit den Steinen, die ihr gebranntes mediterranes Ocker in ein blau verwandelt haben, um nicht länger von Kriegen missgestaltet zu werden. Alles, was Gott seinen menschlichen Wesen bei der Schöpfung mit auf den Weg gegeben hatte, ist schief gelaufen. Warum auch sollte er sich hier noch länger aufhalten?

Franz versteht es nicht. Er hat das wichtigste in seinem Leben verloren.

Weshalb kommt er nicht, der Feigling Gott? Weshalb stellt er sich nicht, um seiner Pflicht gerecht zu werden, Rechenschaft über seine Tat abzulegen? Franz wird ihn fordern, wenn er vor ihn tritt, von Angesicht zu Angesicht:

F - ``Ich klage Dich an``,
    ``Weshalb geschieht gerade **mir** dieses Unrecht?``.

G - ``Wem sollte es statt Deiner widerfahren ?``

F - ``Weshalb muss es überhaupt jemanden widerfahren?``

G - ``Was hatte Inge denn noch auf dieser Welt zu erledigen?``

F - ``Hast Du Inge nach dem unerledigten gefragt?``

G - ``Wer weiß besser als ich, was erledigt ist, was unerledigt bleiben muss, **Du** Franz?``

F - ``Aber wo bleiben meine Gefühle?``

G - ``Selbstmitleid, Franz? Geht es um Dich oder um Inge? ``

F - ``Ich spreche für Inge! Sie hat mich geliebt!``

G - ``War Inge auch mit dem Termin Ihrer Geburt nicht einverstanden?``

F - ``**Du** hast sie geschaffen``

G - ``Wer geschaffen hat, darf nehmen, Franz. Die Trauer weicht der Erinnerung in liebevollem Vergessen, das ewige Leben wäre die Grausamkeit. Wer übrig bleibt, soll noch Freiheit haben, sonst hätte ich nicht so entschieden``

Gott lehnt sich zurück in Ruhe. Er schweigt.

Gedanken zum gleichnamigen Bild von Franz Radziwill

Gute Nachbarschaft

Eine gute Nachbarschaft ist wichtig. Gute Nachbarn teilen Freud und Leid, feiern zusammen und vermeiden jede Art von Emotionen, Störungen und Wellen, die die Gefühle des anderen Nachbarn stören könnten. Gute Nachbarschaft bedeutet allerdings auch eingeschränkte Ehrlichkeit und Notlügen. Ständig ist man auf der Hut, um nicht dumm aufzufallen, oder gar in Ungnade zu fallen. Das Schlimmste, was passieren könnte, der Supergau sozusagen, wäre, wenn man es Jahre lang geschafft hat, von jedem Nachbarn geliebt zu werden und plötzlich damit konfrontiert wird, in seinem Ansehen ganz tief zu fallen wegen eines Vorkommnisses, welches man selbst nicht direkt verursacht hat.

Ich, weiblich, 39 Jahre alt, Sternzeichen Hausfrau, mit Hang zum Lächeln wenn es auch wehtut, glücklich verheiratet, zwei Kinder, ein Hund namens Catwiesel, stehe heute, Donnerstagmorgen um 11:25 Uhr, in unserer kleinen Sackgasse mit nur 9 Häusern, vor diesem Super Gau. Wie komme ich aus dieser Nummer raus? Zwei Häuser weiter wohnt meine Sackgassenfreundin Susanne, mit der ich in den letzten 12 Jahren nie einen bösen Blick gewechselt habe, geschweige denn jemals zwischen uns ein böses Wort gefallen ist. Unsere Männer verstehen sich gut, die Kinder spielen zusammen, mein Hund wird von Susanne geduldet, auch wenn sie Kaninchen lieber hat. Um präziser zu sein, was in diesem Fall unbedingt anzuraten ist, liebt Susanne Kaninchen. Sie hat in ihrem Garten neben dem Stall für diese Tiere ein kleines Gehege angelegt, wo die Mümmelmänner frei rumlaufen können. Susanne besitzt drei dieser Tierchen, Farbe grau und alle namentlich erfasst.

Wenn in einer Nachbarschaft etwas Unangenehmes zur Klärung ansteht, so gibt es in der Durchschnittsfamilie wie der meinigen drei Wege, um die Situation zu retten: Mein Mann war es, die Kinder sind schuld, oder der Hund weiß ja nicht

17

was er tut. Die Lösung lautet dann: Ich kann meinen Mann ja leider nicht vor die Tür setzen (was Susanne freuen würde, da sie Martin unheimlich gern hat, ihn sofort reinholen würde und ihr Dennis dafür ausziehen müsste – könnte ich mir vorstellen), die Kinder werden Hausarrest bekommen und der Hund bekommt eine extra Portion Hundetraining. Das klappt in der Regel und man umschifft die Klippe Nachbarschaftsärger.

Heute morgen ist die Situation jedoch etwas völlig anderes. Catwiesel ist das Problem. Ich hatte ihn kurz rausgelassen, damit er sich über Neuigkeiten in unserer Nachbarschaft informieren kann. Hat er wohl auch, aber nun ist er wieder da. Catwiesel steht vor mir, freut sich und sieht unbeschädigt aus. Ist er auch, körperlich zumindest. Mir wird blitzartig klar, dass Catwiesel nicht **diese** Sensibilität in Bezug auf eine gute Nachbarschaft hat. Gleichzeitig wird mir aber auch bewusst, dass **ich** jetzt die Sensibilität haben muss, die Catwiesel fehlt. Um genauer zu sein, Catwiesel hat ein Kaninchen im Maul! Wäre mein Mann im Haus, würde ich jetzt schreien: 'Catwiesel hat ein Kaninchen im Maul – Martin - Mach was!' Aber Martin iss nicht und so brauche ich jetzt in diesem Augenblick und ohne Aussicht auf eine Möglichkeit zur Flucht, alle Kraft und Diplomatie, die ein Mensch nur aufbringen kann.

So habe ich das Glück, dass ich Catwiesel behutsam und mit viel Zureden und mit anderen Versprechen als Gegenleistung das tote Kaninchen aus dem Maul nehmen kann. Man bedenke, dass Catwiesel ein Jagdhund ist, also einfach ist das nicht. Jedenfalls haste ich mit dem toten Tier, was Gott sei Dank völlig unverletzt aussieht, ins Haus.

Ich wasche es, um die Geiferspuren des Hundes und die Erdklumpen aus dem samtig grauen Fell zu entfernen und föhne es vorsichtig trocken. Sieht doch manierlich aus, denke ich, als die Prozedur erledigt ist.

Woher das Kaninchen kommt, wusste ich in dem Augenblick, als Catwiesel es anschleppte. Es konnte nur aus Sabines Garten sein - eines der drei aus dem Freigehege. Welches, ob Isabell, Annabell oder wie auch immer das Dritte heißt, weiß ich nicht, ist ja auch egal, ist ja auch traurig genug, sowohl für das Kaninchen als auch für Sabine. Gleichzeitig kann es auch für uns traurig werden. Es kann zu einem Konflikt führen, zu einem Nachbarschaftsstreit ausarten, in dessen Verlauf sogar der Hund sterben könnte, wenn es sich denn zuspitzen würde. Zumindest kann es das Aus von Harmonie und Grillabend bedeuten, so Catwiesel denn als Verdächtiger durch die Gemeinschaft überführt werden würde. Also was tun?

Es ist mittlerweile kurz nach 13 Uhr und ich weiß, dass Sabine um diese Zeit Ihren Mittagsschlaf hält.

Mit dem toten Kaninchen in der Hand husche ich durch zwei Gärten und erreiche unbemerkt Sabines Garten mit dem Freigehege. Und richtig! Catwiesel war's, denn es sind nur noch zwei der grauen Fellknäuel im Gehege! Sorgfältig lege ich den toten Hasen hinein, falte seine Vorderläufe wie zum Gebet übereinander, lehne es mit der Seite an das Gitter und wünsche mir gleichzeitig, dass es nicht zu sehr leiden musste, als Catwiesel mit grober Gewalt über diesen kleinen Körper herfiel, ihm wohl das Genick brach und sich damit auf dem Weg zu mir machte, um stolz seine Jagdbeute zu präsentieren.

So vorsichtig, wie ich gekommen war, entferne ich mich wieder aus dem Garten. Was getan werden musste, war getan. Catwiesel's Ehre bleibt erhalten. Das Ansehen der Familie bleibt unangetastet. Ein bisschen stolz bin ich schon, vielleicht nicht auf die Art, wie es Catwiesel war, aber doch überzeugt von dieser genialen Aktion – denke ich jedenfalls. Wenn alles schief gehen würde, kann ich immer noch sagen, dass ich den großen Jagdvogel gesehen hatte, der in das Gehege gestürzt und mit dem Kaninchen im Fang gen Himmel geflogen war. Notlügen zugunsten der Familie sind auch gegenüber Nachbarn durchaus erlaubt!

Um 15:12 Uhr klingelt es Sturm. Vor der Tür steht Sabine, die Tränen rinnen ihr aus den Augen, sie schluchzt und bekommt kaum ein Wort heraus. Zugleich bemerke ich aber auch eine Spur völliger Verwunderung in Ihrem Ausdruck, so, wie ich es nur aus dem Fernsehen kenne, wenn Pilger aus Lourdes zurückkommen - denke ich bei mir.

'Stell Dir vor' schluchzt sie, schnäuzt sich die Nase und ringt nach Worten. 'Stell Dir vor, was passiert ist, es ist ein Wunder: Heute Nacht ist Isabell gestorben. Das Kaninchen war ja in einem Alter, in dem ich schon länger damit gerechnet hatte. So habe ich Isabell dann aus dem Gehege genommen und unter dem Kirschbaum im Garten vergraben. Nach dem Mittagsschlaf bin ich in den Garten gegangen, um noch einmal vor ihrem Grab Abschied zu nehmen und da wurde mir ganz anders! Das Grab war geöffnet worden, die Erde lag im Umkreis um Isabells letzte Ruhestätte und mein Schatz war weg. Bei einem Blick zur Seite in das Gehege stockte mir dann das Blut in den Adern: Isabell war wieder auferstanden, wenn sie es auch nicht ganz ins Leben geschafft hatte, so lag sie dennoch friedlich und tot neben ihren Artgenossen im Gehege. Es ist ein Wunder geschehen, Sabine!'

Ja Sabine, es ist ein Wunder geschehen. Auf gute Nachbarschaft – denke ich.

Nachruf

Erst hatte Chris überlegt, ob er diesen Nachruf überhaupt schreiben sollte. Christine hatte ihn gebeten, Worte zu finden, die anwesenden Freunden, Bekannten und anderen, zufällig einen Platz in der Trauerhalle suchenden Menschen, zum Zuhören bewegen könnten.

Chris hatte noch nie eine solche Rede verfasst. Gut, Tom war gestorben, Tom, der *schon* einen hohen Rang in der Liste seiner Freunde oder zumindest guten Bekannten eingenommen hatte.

Was aber sollte Chris über Tom schreiben? So gut hatte er ihn ja nun auch nicht gekannt, als dass man damit einen Rückblick auf Toms Leben hätte formulieren können. Wer war Tom eigentlich gewesen? Ein Fels in der Brandung? Ein unbehauener Stein? Eher ein angepasster Mensch ohne Ecken, Kanten, Rundungen?

Mein Gott, wie wenig habe ich ihn eigentlich gekannt? Denke ich an Tom, so denke ich an alle anderen auch, die mir im Leben begegnet sind. Natürlich auch an mich, der sich ja täglich selbst begegnet.

Tom, ich, alle Menschen dieser Erde sind doch am Ende wie der Stapel frisch geschnittenes Holz. Der Gedanke an ihr Sein, ihr Leben, ist noch präsent, während die Erinnerung an die Lebensabschnitte jedes Einzelnen so unregelmäßig ist, wie die Holzscheite eines zersägten Baumes am Waldrand, sauber aufgeschichtet in Meterlängen, jedes für sich in einer anderen Form, mal rund, mal kantig, mal zersplittert, mal runzelig, mal glatt, mal glitschig. Jedes Stück Holz erzählt eine andere Geschichte, die in ihrem Ganzen, zusammengefügt zu der Kreatur, die es einmal war, Leben hieß.

Zu jedem Stück gestapeltem Holz fällt Chris auch etwas zu Tom ein. Hier, der glatte Stamm mit wenigen Jahresringen als Symbol seiner Jugend, der Zeit, als er Christine kennengelernt hatte. Darunter das gesplitterte unförmige Astteil, welches, so schnell es auch im Kamin wegen seiner rauen Oberfläche verbrennen wird, dennoch für ewig Asche hinterlässt und Toms Lebensabschnitt beim Tode seines Sohnes symbolisiert. Dort das halbgekrümmte Stück Holz, welches sich im Stapel an eines der unter ihm liegenden dunkelbraun gewordenen Rindenstücke schmiegt und gleich der Fürsorge Toms für seine Familie stehen könnte. Nachdenklich stimmt die kleine Astgabel, die einer Schleuder gleichend, zwei Wege symbolisierend, nun behütend zwischen mehreren dicken Holzstücken eingekeilt ist. Eingekeilt, wie die Seele Toms in der schweren Zeit, in der er nicht wusste, wie er damit umgehen sollte, dass Christine nicht mehr die Nummer eins in seinem Leben war.

Während das grüne Moos, welches einen anderen Stammabschnitt großflächig bedeckt hält, von der Zeit beginnender Reife und Ruhe in Toms Leben kündet, erahnt Chris, dass Toms Nachruf auch seiner ist, ja der aller Menschen sein könnte, so wie jeder Baum die Wurzel ausstreckt, sein Leben lebt und eines Tages auf die ihm persönlich zugedachte Art vergeht.

Wo ist der Unterschied zwischen einem Holzfäller und dem großen Baumeister aller Welten, die, beide für sich, eines Tages den Baum in den Holzstapel verwandeln?

Schnee im Süden
Kein Schnee,
in Südspanien, an der Küste des Lichts,
Auch im Winter,
keine Minusgrade.
Ein Toter –
Marokkanischer Drogenkurier,
Wird an den Strand von Trafalgar geschwemmt.

Home – Shopping - Asia

Er, 53, 172 cm, 96 Kg, Halbglatze, liebt kuscheln mit schönen Frauen. Ein Charmeur ersten Grades, Schrebergarten im Grünen der Stadt, mobil, Vorliebe wandern und singen, kehrt gerade vom Einkauf im Supermarkt in seine kleine Eigentumswohnung im 8. Stock zurück.

Brötchentüte raus, Zigarette anzünden, die Morgenzeitung mit ihren Beilagen zu den Tagesangeboten und dann die aktuelle Zeitschrift 'Frauen der Welt – wir kennen sie alle', die heute Morgen bereits im Briefkasten lag, auf den Tisch. So muss der Tag anfangen!

Eigentlich hat er sein Leben im Griff. Na ja, Frührente hätte es nicht gleich sein müssen, aber er hatte nie damit gerechnet, dass ihn sein Asthma einmal so schwer zu schaffen machen würde. Wiederum kann er sich so natürlich auch besser seinem dritten Hobby, dem fotografieren, widmen. Schöne Frauen knipst er am liebsten. Manchmal bezahlt er ein weibliches Modell für eine Sitzung mit netten Posen. Nicht nackt, Gott bewahre, nein, einfach nur ein paar schöne Bilder machen mit seiner neuen Spiegelreflex.

Die Tageszeitung ist schnell durchgeblättert. Für ihn ist es wichtig, die Beilagen mit den vielen Sonderangeboten des täglichen Bedarfs zu studieren – auf den Cent achten muss er ja doch. Besonders interessant findet er die aktuellen Angebote über elektronische Artikel wie Handys und Fernseher – diese sind bestellbar, frei Haus, also ohne Porto und mit Lieferung bis zum 8. Stock. Sogar die Verpackungsmaterialien nehmen die mit. Gefällt einem das Produkt dann nicht, so wird innerhalb der ersten 30 Tage getauscht, und zwar ohne Angabe von Gründen.

Seine monatliche Lieblingslektüre 'Frauen der Welt – wir kennen sie alle' hat er im Abo. Jeden ersten Dienstag im Monat wird sie direkt in seinen Briefkasten geliefert. Manchmal kann er es kaum erwarten, bis die Fotos der vielen anmutigen Frauen da liegen, wofür sie gedruckt werden: Auf seinem Wohnzimmertisch, auf Mutters alter aber adretter Häkeldecke. Mit Mutter lebt er nun fast 30 Jahre in dieser Wohnung zusammen.

Am schlimmsten sind immer Tage zwischen den Feiertagen Weihnachten und Neujahr. Er hatte es schon erlebt, dass witterungsbedingt seine Zeitschrift nicht ausgeliefert wurde. Depressiv würde er die Stimmung nicht nennen, die dann aufkam, aber ihn erwischte dann doch eine große innerliche Leere, ihm fehlte dann etwas Wesentliches. Und überhaupt, es geht ihm ja nicht um die Bilder der Frauen, ihm fehlt einfach eine Frau zum perfekten Glück. Und die kann man sich aussuchen in 'Frauen der Welt – wir kennen sie alle.'

Gut, vor 13 Jahren hatte er ein kurzes Techtelmechtel mit Ilona, seiner ersten intensiveren Begegnung mit dem schwachen Geschlecht. Große Hoffnung hatte Mutti gehabt, dass er nun doch noch jemanden finden würde, die zu ihm passt, aber es hatte nur 2 Jahre gehalten. Danach hatte er nie wieder Kontakt zu Ilona. Er würde zu viel fummeln, zu viel auf dem Sofa sitzen, nicht mit ihr ins Kino gehen und überhaupt, man müsse doch zumindest eine eigene Meinung kundtun, ohne vorher Mutti zu fragen. Mehr als zwei Hosen sollte man auch haben und – ach was sonst noch alles an Vorwürfen auf ihn niederprasselte. Jedenfalls hat Ilona es dann beendet und Mutter war froh, als sie weg war. Er allerdings hatte sich ein bisschen daran gewöhnt, das mit Frau und so. Somit liebäugelte er schon mit einer Neuen von denen.

Angetan hatten es ihm die Bilder der Frauen aus Asien, so Bangkok, Manila und so. Er hatte sich vor einiger Zeit bereits den Reiseprospekt 'Abenteuer, Sehenswürdigkeiten – Reisen der Exotik zu kleinen Preisen' aus dem Reisebüro geholt. Weitere Einblicke in die asiatische Lebensart hatte er in dem kleinen Asiamarkt an der Ecke sammeln können. Die Bedienung dort hat er sich genau angesehen. Sehr nett, vor allem sauber, schön anzusehen, auch wenn diese schrägen Augen etwas gewöhnungsbedürftig sind. Die Frau ist recht zierlich, was natürlich einer sparsamen Haushaltsführung sehr entgegen kommt. Außerdem hatte er im Forum 'Asien Deine Frauen' über das Verhalten und die Lebensweise dieser Nationalitäten ausgiebig gelesen. So sollen diese Frauen ja auch sehr offenherzig sein, sobald es dunkel wird. Das ist für ihn schon deshalb wichtig, da er dann die Ausgaben für das Fotomodel nicht mehr hat und, das topt das bisherige, auch noch ganz andere Aufnahmen machen könnte.

Der Entschluss war gefasst, sich so etwas Asiatisches zu holen. Es bedurfte jedoch noch ein bisschen intensiveres einsteigen in die Materie, schließlich wird es doch einiges kosten, alle Details zusammenzusuchen, um dann die richtige, vor allem die effizienteste Auswahl zu treffen.
Ein paar Wochen später hat er sich angemeldet zum Deutsch-Asiatischen Männerstammtisch. In den intensiven Gesprächen kristallisierte sich dann ein klares Bild in Bezug auf das Preis-Leistungs-Verhältnis heraus, so er sich denn entschließen würde, etwas aus Bangkok zu holen. Es gefiel ihm gut, wie unkompliziert man so was nach Deutschland holen kann.
Der Vorsitzende des Deutsch-Asiatischen Stammtisches gab ihm die Adresse einer Firma, bei der er sich, gegen Gebühr versteht sich, zuerst einmal einen Katalog mit etwa 50 Frauenportraits kaufen könnte. Es sei der Vorteil dieser Agentur, dass die Kataloggebühr verrechnet wird, wenn man denn letztendlich eine Frau aus dem Angebot einladen würde. Bei den meisten anderen Anbietern sei zwar der Preis in der Regel günstiger, sagte er, dafür gäbe es aber keine Staffelung der Gebühren nach Alter der Frauen, ob diese verwitwet oder geschieden sind, oder ob gar Kinder vorhanden wären.

Die Infoveranstaltung beim Männertreff hatte ihn überzeugt. Der Besuch bei der Vermittlungsagentur lief so reibungslos, wie von den Männern erzählt, die bereits in Asien bestellt hatten. Die niedliche kleine Asiatin in der Agentur beantwortete ihm all seine Fragen. Mein Gott, kühner Traum, wenn er doch so eine oder auch nur eine annähernd ähnliche bekommen könnte. Vor allem könne so ein Ding wie mit Ilona mit denen nicht passieren, sagte die Agenturchefin. Bei der Ankunft der Asiatin auf dem Flughafen nimmt man erst einmal deren Pass an sich, da Asiatinnen leicht ihre persönlichen Dinge verlieren und man dann nur Scherereien mit den Behörden hat. So können die dann auch nicht so einfach mir nichts dir nichts verschwinden, wenn ihnen etwas nicht passen sollte - was jedoch höchst unwahrscheinlich sei. Außerdem hapert es auch mit der Sprache, da sie nur Englisch sprächen und es somit längere Zeit dauern würde, bis sie der deutschen Sprache mächtig sind. Wie solle **er** es denn auch verstehen, wenn **sie** ihren Pass nicht finden würde? So sei es besser. Die Agenturchefin sagte auch, dass die Asiatinnen das wüssten und sehr froh darüber sind, wenn ihnen das lästige Aufpassen auf den Pass abgenommen würde. Sehr willig so mit kochen und so seien die auch und überhaupt geht alles ohne viel Widerworte. Sie würden ja auch nach Deutschland wollen, weil deutsche Männer bekanntermaßen mit beiden Beinen im Leben stehen und alle Entscheidungen übernehmen würden. Das vermisse man bei den Männern in Asien. Nun ja, das kann er sich schon denken, denn die asiatischen Männer sind ja nun wirklich so klein und dünn und irgendwie wirken sie auch nicht so, als könnten sie ihr Leben richtig meistern, so wie er zum Beispiel.

Der Katalog wurde zu Hause erst einmal in Ruhe durchgeblättert. Mutter könnte später dann mit ihm zusammen die Auswahl ansehen. Letztendlich würde ja auch **er** entscheiden und überhaupt, Mutter wird sich dran gewöhnen an das Asiatische.

Sollte Mutter später einmal zu einem Pflegefall werden, wäre sie dankbar für die weise Entscheidung, so eine zu nehmen.

Letztlich hatten es ihm zwei der fünfzig Frauen angetan. Die Entscheidung, die richtige der beiden auszusuchen, war nicht einfach, wobei er persönlich anhand der Katalogbeschreibung bereits seine Entscheidung getroffen hatte. Während die eine sehr schlank war, hatte die andere ein leicht pummeliges Gesicht. Nun kochte die Pummelige 38-jährige besser als die Dünne mit ihren 26 Jahren. Anschmiegsam waren beide. Sie schienen eine saubere Vergangenheit zu haben, wobei die Pummelige jedoch scheinbar schon mal was mit Männern hatte. Die Dünne wohl nicht so, sie wirkte naiver. Die Pummelige versprach sich von einem deutschen Mann Geborgenheit und eine Familie mit Kindern. Die Dünne wiederum sehnte sich nach einem starken deutschen Mann. Na ja, kochen kann Mutter ja noch, dachte er. Kinder waren ihm nicht wichtig mit seinen 53 Lebensjahren. Es sei auch nicht außer Acht zu lassen, dass die Pummelige schon älter sei und somit früher krank sein könnte. Das letzte, was er gebrauchen könnte, war eine kranke Frau, die ihm zur Last fallen würde. Somit stand seine Entscheidung fest: Die Dünne muss es sein! Außerdem liest man auch im Katalog, dass die Dünne anschmiegsamer ist und was sind denn schon 27 Jahre Altersunterschied? Mutter hatte dann noch ihren Kommentar abgegeben, von wegen kochen und junge Dinger und so. Ihre Meinung war dann ausschlaggebend, anders wäre ein harmonisches Zusammenleben zu dritt kaum denkbar gewesen.

Als die Pummelige dann auf dem Flughafen ankam, war er doch etwas enttäuscht, aber was hatte die Agenturchefin immer wieder betont: Man kann sie auch umtauschen – die Asiatin natürlich, nicht eine Mutter, die hat man ein Leben lang.

Mac Allister

Das Zusammenleben zwischen uns und Oma Carola klappt gut. Wir, das bin ich, Achim und meine Frau Birgit sowie Mac Allister, unser Beo.

Mac Allister ist der älteste im Haus - wir schätzen, er ist 10 Jahre älter als Oma Carola, die im letzten Jahr 78 geworden ist. Er ist ein wunderschöner Vogel, von der Größe irgendwo zwischen einer Amsel und einem Raben angesiedelt und die Natur hat ihm einen strahlend gelben Schnabel geschenkt.

Mac Allister wohnt seit 20 Jahren bei uns und er wird als Familienmitglied betrachtet. Er hat nur den einen Nachteil, dass er die ersten Lebensjahre bei einer Familie in Ostfriesland verbracht hat, in der ausschließlich Plattdeutsch gesprochen wurde. Somit fiel es uns am Anfang recht schwer, seinem Wortschatz zu folgen, da wir eher zur hochdeutschen Sprache neigen. Mit der Zeit klappte es mit dem Verstehen jedoch ganz gut, wenn er fröhlich in seinem Käfig vor sich hin babbelt.

Einer der häufigsten Sätze, die Mac Allister von sich gibt, ist: 'Ick kann ogg Platt snacken' was auf Hochdeutsch so viel wie 'Ich kann auch Plattdeutsch sprechen' heißt.

Zweimal in der Woche hat Mac Allister seinen Flugtag. Dann wird seine Käfigtür geöffnet und er darf sich für ein paar Stunden im Wohnzimmer flugtechnisch amüsieren. Meistens kümmere ich mich darum, dass der Vogel seine regelmäßigen Freiflüge durchführen kann. Nicht so an diesem Dienstag. Oma meinte es besonders gut und öffnete seine Käfigtür. Sie vergaß jedoch, dass die Balkontür weit geöffnet war. Mac Alister hatte nicht vergessen, wo der Duft der großen Freiheit weht – hinter der Balkontür und schwups war er nach draußen in die große weite Welt verschwunden.

Alles rufen und suchen während der darauf folgenden Tage verlief erfolglos. Die Trauer war groß und Oma Carola schämte sich nicht nur unendlich für ihr Missgeschick, sondern man merkte ihr auch an, wie sehr ihr Vogel fehlte.

'Achim' sagte Birgit, 'Oma ist so merkwürdig, seit Mac Allister fort ist'.

'Sie trauert', meinte ich, 'Sie trauert, weil sie den zweiten komischen Vogel innerhalb kurzer Zeit verloren hat'.

'Wie, den zweiten komischen Vogel?' fragte Birgit.

'Na, willst Du etwa behaupten, Opa war kein komischer Kauz? Und ein Kautz ist nun einmal auch ein Vogel'.

So witzig empfand Birgit diese Aussage nicht, aber nun ja. Noch weniger witzig, sondern eher bedenklich empfand sie es, was Oma Carola zwei Tage später von sich gab. Oma hatte, wie gewohnt an schönen Sommertagen, nachmittags ein kleines Nickerchen auf der Liege im Garten an der großen Hecke gemacht. Pünktlich zum Nachmittagstee stolzierte sie in die Küche.

'Birgit' sagte sie, 'Birgit, da draußen sitzt eine Amsel mit einem gelben Schnabel in der Hecke in ihrem Nest und sagt: 'Ick kann ogg Platt snacken.'

'Ja, Oma, ja', meinte Birgit und vergaß die Aussage schnell - manchmal sind alte Leute eben ein bisschen tüttelig.

Am nächsten Tag wiederholte sich das Spiel: 'Da draußen sitzt eine Amsel mit einem gelben Schnabel in ihrem Nest und sagt: 'Ick kann ogg Platt snacken'.

Birgit nahm sich fest vor, die Angelegenheit abends mit mir zu bereden. Sie begann, sich langsam Sorgen um Omas geistigen Zustand zu machen.

'Achim, Oma Carola erzählt mir seit Tagen, dass draußen in der Hecke eine Amsel mit einem gelben Schnabel sitzt und erzählt: 'Ick kann ogg Platt snacken .

'So tüttelig ist Oma doch sonst noch nicht gewesen. Wahrscheinlich geht ihr der Verlust von Mac Allister so nahe, dass sie schon leichte Demenz Erscheinungen zeigt', sagte ich.

'Beobachte sie in den nächsten Tagen genau und sollte sie diese Aussage wiederholen, werden wir etwas tun müssen'.

Es ging noch ein paar Mal so weiter und so beschlossen wir dann, mit Oma zum Neurologen zu fahren, um seine ärztliche Meinung einzuholen.

'Ihre Mutter ist in einem Alter, in dem es durchaus sein kann, dass erste Anzeichen einer Demenz auftreten. So erscheint es mir auch nach eingehender Untersuchung. Im Übrigen hat sie auch mir von ihren Beobachtungen im Garten erzählt, was meine These und ihre Sorgen bekräftigt. Machen sie sich im Moment bitte noch nicht zu viele Gedanken. Beobachten sie ihre Mutter weiterhin und kommen sie mit ihr wieder in die Sprechstunde, wenn es schlimmer wird. Ich habe positive Er-fahrungen mit einem bestimmten Medikament gemacht, das älteren Menschen gut bekommt und der Demenz vorbeugt. Geben sie ihr täglich zweimal zehn Tropfen davon', sagte er uns.

Nun gut, wir verabreichten Oma dieses Medikament. In den darauf folgenden Tagen regnete es recht stark und so hatte Birgit Zeit, sich intensiv um Oma Carola zu kümmern, da diese nachmittags nicht in den Garten ging. Ihr fiel nichts Besonde-res an Oma auf, bis – na ja, bis die Sonne wieder zum Vor-schein kam und Oma aus dem Garten zum Nachmittagstee in der Küche auftauchte. Und was sagte Oma wohl? Nee, nicht? Nicht schon wieder, oder? Doch! 'Da draußen sitzt eine Amsel mit gelben Schnabel in ihrem Nest und sagt: 'Ick kann ogg Platt snacken.'

Birgit war völlig fertig. Scheinbar nützten die Medikamente nichts. Als ich am späten Nachmittag nach Hause kam, erzähl-te sie mir davon. Es ist doch wohl nur verständlich, wie auch mich die Sache berührte. Meine Mutter und Demenz. Ich sah den langen Leidensweg auf uns zukommen.

'Weißt Du, wir bitten unseren Nachbarn Norbert mal zu uns rü-ber, um ihn nach einem Rat zu fragen, wie wir in Bezug auf

Oma Carola weiter verfahren sollten' , sagte ich zu Birgit. Norberts Vater ist seit einigen Jahren dement. Er lebt bei ihm und seiner Frau mit im Haus.

'Danke, dass Du so schnell kommen konntest, Norbert'.

'Wo drückt der Schuh Ihr beiden?' und 'Oh, ich es vergesse: Da draußen sitzt Euer Mac Allister in einem alten Amselnest und plappert irgendetwas von '.... kann ogg Platt snacken vor sich her'.

Ja, wo drückt der Schuh, Norbert, wenn ich das nur wüsste. Ich glaube, er drückt nicht mehr.

Spuren
Spuren am Strand
Hufe im Sand
Nicht reintreten!
Beim Spaziergang
Können Pferde Fußpilz haben?
Nichts ist widerlegt.

Notiz ohne Namen – aus dem Schiffstagebuch

Am Vormittag befand sich das Schiff auf der Position 18 Grad 58 Minuten Nord und 72 Grad 50 Minuten Ost auf dem Weg aus dem Hafen von Mumbai, ehemals Bombay, ins offene Meer.

Verzweifelt versuchte Dr. Bertram mit der Situation im Frühstücksraum zurechtzukommen. Die Zahlenkombination sagte ihm wenig, machte ihm zu schaffen. Seit nunmehr einer halben Stunde probierte er mit allen Tricks und unter zu Hilfenahme seiner gesamten 60-jährigen Lebenserfahrung an das heranzukommen, was er sich so sehnlich wünschte, um seinen Morgenhunger zu stillen.

Es war heiß heute morgen. Zu heiß für Dr. Bertram. Er schwitzte vor Erregung. Der Code muss die Lösung sein, nachdem alle anderen Versuche bisher völlig ergebnislos verlaufen waren. Wie sollte er den Code entschlüsseln?

Wieder und wieder versuchte er, aus der aufgedruckten Kombination `13.11.12` etwas verwertbares zu entziffern, was ihn weiterbringen würde. Es gehörte viel dazu, Bertram aus der Fassung zu bringen, diese Aufgabe erfüllte diese Kriterien jedoch. Einen Moment hielt er inne in seinen Bemühungen, eines der für ihn letzten großen Rätsel der modernen Zeit in den Griff zu bekommen. Er bemerkte, dass sein Tischnachbar, ein Inder, das Problem sehr schnell gelöst hatte.

Er beobachtete den Inder unauffällig und diskret. Leider hatte er nicht mitbekommen, wie dieser die Lösung herbeigeführt hatte. Um ehrlich zu sein, hätte Bertram es auch niemals nachgeahmt, schon deshalb nicht, um keine Schwächen zu zeigen. Der Inder beobachtete ihn.

`Was mag der Inder über meine Art, Lösungsansätze zu finden, wohl denken?` fragte sich Bertram. Nie zuvor war ihm so bewusst geworden, dass die westliche Welt den Kampf gegen die Entwicklungsländer bereits verloren hatte, zumindest heute

Morgen. Ihm wurde klar, dass die Drittländer ihren Hunger durch Genügsamkeit immer stillen können, der Westen jedoch auf seinem Weg in Richtung Hunger weiter fortschreitet.

Dr. Bertram hatte Hunger. Vor dem Essen war jedoch diese Aufgabe zu erledigen. Er machte sich erneut und mit aller Geisteskraft und Fingerfertigkeit daran, einen Zugang zu finden. Das Behältnis blieb ihm verschlossen.

Der Inder war nicht der einzige Mensch in der Nähe seines Tisches, dem Bertrams verzweifelte Versuche, das Problem zu lösen, aufgefallen war. Zu stark konnte man ihm die körperliche Anstrengung ansehen, nachdem er immer wieder versucht hatte, an sein Ziel zu gelangen. Es erforderte seine ganze Kraft, zu versuchen, die Seitenteile zu lösen, die Deckelplatte anzuheben, oder gar über den Boden an das Ziel zu kommen, eben jeden noch so sinnlos erscheinenden Versuch zu wagen, seinen Hunger zu stillen.

Die Schweißperlen standen ihm im Gesicht und die Anstrengung hinterließ dicke Falten auf seiner Stirn. Die Erfolglosigkeit seines Tuns erhöhte den ohnehin bereits schlechten Blutdruck so sehr, dass fast der gesamte Körper des Doktors tiefrot anschwoll. Das musste den anderen Gästen einfach auffallen. Der vor zwei Stunden noch völlig ausgeruht und gefasst wirkende Mann verfiel körperlich zusehends.

Bertram gab es auf, weiter an einer praktischen Lösung des Problems zu arbeiten. So würde er es nicht schaffen, an den Inhalt zu gelangen. Die Box war nur 13 x 11 x 12 cm groß, aber ein unüberwindbares Hindernis auf dem Weg zum Erfolg. Die kleine perforierte Naht mit dem Pappnippel an der Seite der Box hatte er völlig ignoriert. Zu stark machte die Einfachheit der Gedanken dem akademischen Anspruch Platz. Ohne jeglichen Zweifel wurde ihm klar, dass es nur über den Code klappen würde. Zugleich verdeutlichten ihm seine vielen Versuche, dass es keine leichte Aufgabe sein würde, diesen Code zu entschlüsseln.

Dr. Bertram war es mehr nicht vergönnt gewesen, diese Kombination aus nur 6 Zahlen zu knacken. Er verstarb um exakt 13 Uhr, 11 Minuten und 12 Sekunden am Tisch des berühmten Restaurants `Windjammer' an Bord des Kreuzfahrtschiffes `Drama of the Seas' im Arabischen Meer querab von Mumbai an völliger Erschöpfung. Sein Kampf, die kleine Packung Cornflakes zu öffnen, hatte fast 3 Stunden gedauert.
Ja, 13.11.12, so stand es zumindest auf der Packung. Danach muss das Zeug entsorgt sein, sonst ist es verdorben.
Wer möchte denn auch schon abgelaufene Cornflakes essen? Weder lose noch verpackt. Wie wichtig ist es, manchmal auch für die kleinen Dinge des Lebens, seien sie auch nur 13 x 11 x 12 cm groß, die Gebrauchsanweisung zur Hand zu haben.

Seenot
Kreuzfahrt - Abfahrthafen
Männer, Frauen und Kinder gehen an Bord
Atlantik, SEENOT!
Alte Seefahrtsregel:
Frauen und Kinder zuerst von Bord
New York – Ankunftshafen
Nur Männer verlassen das Schiff.

Ich lebe bei Mutter

Ich heiße Heinz O. Ich lebe bei Mutter, die mich Heinz II nennt. Meine Freunde nennen mich Heinzibaby. Ich hasse es!

Bei Mutter geht es mir gut. Vater ist vor zwei Jahren gestorben. Ich werde Mutter pflegen. Sie soll in unserer Wohnung Wohnrecht auf Lebenszeit haben. Das habe ich Vater versprochen.

Zu dritt war es recht eng in unserer Behausung. Drei Zimmer, Küche und Bad. Jedoch ohne Gäste WC. Das ist nicht gerade viel für drei Personen. Im Laufe der vielen Jahre, die wir hier verbrachten, haben wir uns mit den Defiziten arrangiert. Es stört auch nicht, wenn Mami ein Bad nimmt und ich gerade dringendst zur Toilette muss. Wir kennen uns doch!

Ein paar Monate lang wohnte meine Freundin Bettina noch bei uns. Sie hat natürlich keine gemeinsame Zeit mit Mutter im Bad verbracht. Aber das mit Bettina ist vorbei. Mami hat mich dann doch überzeugt, dass vier Personen zu viel sind in diesem kleinen Haushalt.

Mutti freut sich darüber, dass ich noch zu Hause wohne. Eine Zeit lang hatte ich gegrübelt, ob dies für einen gestanden Mann wie mich richtig sei.

`Heinzibaby`, sagten meine Freunde, `Du solltest langsam mal flügge werden. Es ist nichts, sich nur auf Mutti zu konzentrieren`.

Die Jungs verstehen gar nichts. Wie soll ich wohl von Harz IV auf eigenen Beinen stehen? Wer sollte Mutter ihre Zigaretten holen? Wie schwer würde es ihr fallen, mit 172 KG Körpergewicht die Fertigpizzen aus dem Supermarkt zu holen. Wer sollte ihr nach dem Bad aus der Wanne helfen? Wer ihr den Rücken abtrocknen? Heinz I, hieß mein Vater. Er hatte, als er noch gesund war, genug damit zu tun, seinen Wodka zu organisieren. Als er bettlägerig wurde, musste ich diese Aufgabe übernehmen.

Manchmal wurde es mir einfach zu viel mit dem Verpflichtungen für die Eltern. Mein Arzt meinte, ich würde einen Burn-out bekommen, wenn ich so weiter schufte. Es ging ja auch morgens um 11 Uhr schon los. Die Jalousien mussten hochgezogen werden. Alle drei Tage war der Unterschrank mit benutzten Geschirr voll und so stand abwaschen an. Sonntags am frühen Nachmittag saugte ich das Wohnzimmer. Später war dann die Waschmaschine zu füllen.

Deshalb hatte ich Hoffnung auf Bettina gesetzt. Als Vater noch lebte, hatte ich Sie mit nach Hause gebracht. Bettina integrierte sich anfangs auch super. Sie rauchte wie Mutter und trank Wodka wie Vater. Sie meckerte nie rum, wenn ich mich um den Haushalt kümmerte. Einzig nervig waren eigentlich nur zwei Dinge. Diese führten immer wieder zum Streit mit Mutter. Letztendlich ging Bettina dann andere Wege. Sie sah nicht ein, weshalb sie ihre Sozialhilfe mit uns teilen sollte. Außerdem weigerte sich, zumindest zweimal in der Woche zu baden. Das musste auf Dauer schiefgehen. Vater war ja auch schon länger nicht mehr in der Lage, sich regelmäßig sauber zu halten.

Also wurde Bettina rausgeworfen. Ich bin dann zum Sozialamt. Das Attest meines Hausarztes in Bezug auf einen nahenden burn-out half dann letztendlich. Uns wurde eine Haushaltshilfe bewilligt, für die es 380 € monatlich gab. Dank meiner PC-Kenntnisse war der Arbeitsvertrag schnell entworfen. Der Name `Carola H.` schien die Frau im Amt zu besänftigen. Zumindest für ein Jahr. Nach dreimaligen Überraschungsbesuchen des Sozialamtes zur Prüfung, ob Carola da sei, wurde die monatliche Zuwendung gestrichen. Carola war nie anwesend.

Interessant ist die Forderung zur Rückzahlung unrechtmäßig gezahlter Gelder an das Sozialamt. Was meinen die wohl, woher ich das Geld nehmen soll? Die sollen froh sein, dass ich nicht krank geworden bin. Das wäre erheblich teurer geworden. Außerdem erhöhte sich der Betrag noch um 3.760,23 €, nachdem Vater gestorben war. Außer dem Sozialamt hatte ja niemand das Geld, ihn bestatten zu lassen. So lautet die Forderung nun gesamt 8.320,23 €. Herrührend aus erschlichenen Finanzmitteln durch Herrn Heinz O`.

Diese Forderung erzeugt bei mir Stress. Deshalb kann ich keine geregelte Arbeit aufnehmen. Mein Arzt hat mir attestiert, dass mich Arbeit quasi umbringt. Wobei ich nicht faul bin. So 30 Stunden im Monat jobbe ich schon. Aber nur `schwarz`, wie es so schön heißt. Mit dem Geld kann ich Mutter so manchen Wunsch erfüllen. Mir auch, denn ich habe mir ein Auto gekauft. Somit bin ich mobiler. Ich hatte dem Verkäufer versprochen, das Auto innerhalb der nächsten Tage umzumelden. So kann er seine Versicherung informieren. Aber was heißt schon Tage? Ein Jahr hat auch 365 Tage. Der Verkäufer weiß ja nicht, wo ich wohne. Natürlich habe ich ihm eine völlig falsche Adresse in einer anderen Stadt gegeben. Das spart mir die Ummeldegebühren. Er braucht somit keine Zeit aufzuwenden, seine Versicherung zu informieren. So teuer kann die Versicherungsprämie für ihn ja nicht sein. Außerdem hat er Geld. Ohne Geld hätte er ja kein Auto gehabt.

Es tut mir schon gut zu hören, dass Mutti stolz ist auf ihren Jungen. Leider nur ein Sohn, wie sie immer wieder betont. Sie hätte doch gern fünf von solchen lieben Jungs wie mich gehabt. Sie hätten sich bestimmt alle so um ihre Mutter bemüht. Leider ging es mit ihrem Mann Heinz I nicht so, wie sie wollte. Ab seinem 35 Lebensjahr trank er. Der Alkohol ließ nicht viel Raum für die Vermehrung einer Familie. Vater Heinz war immer zu müde. Ganz im Gegensatz zu mir. Mit meiner quirligen Art passe ich so gar nicht in diese Familie.

Mutter kann wirklich froh sein, dass sie mich hat. Ich halte mein Versprechen, mich um sie zu kümmern. Ich werde bei ihr wohnen bleiben. Auch wenn es mir manchmal schwerfällt. Ob ich Mutter pflege, kann man dann ja später immer noch mal sehen.

Freie Auswahl

Es sind die wichtigsten zwei Dinge des Lebens, die eine freie Auswahl nicht erlauben, was aber auch gut so ist. So hätte ich heute gern die freie Auswahl gehabt, ob ich auf die Welt kommen möchte, oder lieber nicht. Des Weiteren wäre die freie Auswahl bei der Entscheidung zu sterben oder zu leben auch ganz angenehm – oder auch nicht.

Sollte es einmal so kommen, dass man darüber entscheiden dürfte, was ja für mich in Bezug auf die Geburt leider nicht mehr möglich ist, aber mit irgendeiner Generation muss man ja anfangen, so würde ich mir allerdings wünschen, dass man eine Entscheidung auch widerrufen kann – da mir ja die Erfahrung fehlt, was es heißt, tot zu sein, könnte es mir möglicherweise nicht so gut gefallen und ich würde mir wünschen, wieder zu leben.

Ich stehe in 48 Metern Höhe auf einem der vielen Containerkräne im Hafen. Es ist kalt, saukalt würde ich sagen. Es ist unheimlich windig hier oben. Der Wind pfeift mir die Botschaften von einem Ohr in das andere. Es wäre so einfach auszuwählen, welcher Botschaft ich mehr Gewicht zugestehe.

Die Lichter des Hafens symbolisieren zu dieser Nachtstunde die Einsamkeit, die mir die Wahl zwischen Depression oder Hoffnung überlässt. Das Handy klingelt zum wiederholten Mal und als ich den Ruf annehme, ergibt sich immer nur die Frage nach dem weshalb:

'Ich habe deinen Brief gefunden, vielleicht hast du ja recht, überlege es dir doch noch einmal, was ist bloß mit dir los' und:
'Wo bist du, wo stehst du, warum tust du so etwas?'

'Wieso' frage ich mich: 'Was habe ich denn getan? – Nichts!'
Noch habe ich doch die freie Auswahl und der Gedanke an die Tat berechtigt höchstens mich, nach einer Erklärung zu suchen.

Weshalb ich auf den Kran geklettert bin, weiß ich jetzt nicht mehr. Es spielt auch keine Rolle, ob 48 Meter hoch oder 48 Meter tief. Es stellt sich nur die Frage nach der Neugeburt. Nicht einmal zu dieser Frage gibt es die definitive Antwort. Auch hier kann ich wählen. Der eine Weg würde mehr Mühe bedeuten, er würde zeitlich länger dauern, während der andere Weg, der finale, am Ende auch zur Lösung führen wird. Nur schneller eben.

Wie habe ich es ein Leben lang gehasst, Konflikte austragen zu müssen, meistens die Konflikte mit mir selbst, wie auch jetzt. Das ist es, was mich bis hier zum jetzigen Moment zermürbt hat, diese Möglichkeit der Auswahl unter vielen und nicht das schwarz und das weiß für sich als Entscheidung. Mir wird jetzt bewusst, dass auch das 'Ja' oder das 'Nein', beides für sich, schon Konflikt an sich ist, da es auch schon Entscheidung erfordert. Bewusst wird mir auch, dass die freie Auswahl in diesem Augenblick nichts mehr mit der Angst der Vergangenheit zu tun hat. Angst verspüre ich nämlich keine, wozu auch, ich habe ja die Auswahl zwischen Angst und Teilnahmslosigkeit und so ziehe ich heute die Letztere vor. Und so habe ich die Entscheidung, welcher Auswahl ich folge, getroffen.

Der Schritt an sich fällt leicht. Ich habe keine Angst. Angst hätte ich vor dem unbekannten Weg ohne Gewissheit des Ausgangs. Angst hätte ich vor den Fragen, dem mitleidigem Lächeln, den hinter dem Rücken Getuschel, der Unglaubwürdigkeit gehabt. So oder so bleibe ich im Gespräch. Gern hätte ich mich für die Wiedergeburt entschieden, aber diese Entscheidung obliegt nicht mir.

Die Lichter des Hafens verlöschen, ohne dass die Dunkelheit vergeht.

Geschwister Grimm

Während der Winterzeit und speziell den Monaten November und Dezember, habe ich Hochsaison. Obwohl der Arbeitstag dann 20 Stunden hat, fühle ich mich wohl, insbesondere auch wegen meiner Reisetätigkeit. Außerdem kommt mein Chef während dieser Zeit nicht dauernd mit irgendwelchen sonderbaren Aufträgen, damit ich aktiv bleibe. Manchmal hat er außerhalb dieser Monate die absurdesten Ideen, was ich für ihn unbedingt erledigen soll. So wie jetzt.

Es ist Ende Oktober und die Tage werden langsam dunkler und kälter. In zwei Wochen geht die Packerei wieder los, die den gesamten November und bis zum 5. Dezember anhalten wird. Ich reise dann kreuz und quer durch Deutschland und lege den Kindern Geschenke in ihre leider manchmal schon recht unansehnlichen Stiefel.

Ich bin mit dem Auftrag im Wald unterwegs, Pilze für den Chef zu suchen und eine Ration Eicheln für seinen Elch zu sammeln. Mein Gott, wie ich diese Arbeit hasse! Während die Eicheln ja noch in Massen lose auf dem Waldboden rumliegen, fällt mir das Sammeln der Pilze mittlerweile recht schwer. Schließlich bin ich ja mit meinen einigen Hundert Lebensjahren auch nicht mehr der Gelenkigste.

Ach ja, ich habe mich noch nicht vorgestellt: Ruprecht heiße ich, bin der Knecht von meinem Chef Nikolaus. Wir arbeiten bereits seit dem 17. Jahrhundert recht eng zusammen. Der ein – oder andere von Ihnen wird uns kennen. Besonders über mich wurde ja in der Vergangenheit recht viel Unsinn erzählt, so zum Beispiel, dass ich mit meiner Rute Kinder schlagen würde und ähnlich Negatives. Solche Anschuldigungen tun mir nicht nur weh, sondern führten vor geraumer Zeit auch mal zu einem echten posttraumatischen Belastungssyndrom, welches professioneller Hilfe bedurfte. Ich bin heilfroh, erfolgreich therapiert worden zu sein. Der Therapeut konnte mir begreiflich machen, dass ich im 17. Jahrhundert nur erfunden wurde, also quasi gar nicht existent sei. Würde ich nicht aufpassen und alles persönlich nehmen, könnte es passieren, das man mich einfach wieder entfindet und somit eine andere Figur meinen Platz einnimmt. Dann wäre nichts mit Pilze sammeln und Elche ärgern. Das habe ich mir natürlich zu Herzen genommen – wer möchte schon unter einem Kapitel in '1001 Nacht' in Buchform landen.

Jedenfalls bin ich heute im Wald unterwegs und sammel, was mir an Auftragsarbeit mitgegeben wurde. Sehr hoch ist die Ausbeute nicht und der Tag verneigt sich mit erster Verabschiedung in die Dämmerung. Es ist angebracht, nach Hause zurückzukehren. Um Zeit zu gewinnen, schlage ich eine Abkürzung durch die Koboldpfade ein. Bisher haben mich die Zwergenwesen, welche dort wohnen, stets unbehelligt des Weges ziehen lassen und so habe ich keine Scheu, meine Schritte durch diese Gegend zu lenken.

Nach nicht sehr langer Wegstrecke sehe ich einige Meter abseits des Pfades einen seichten Lichtschein. Die Abzweigung in Richtung der Lichtquelle gehend, erblicke ich eine kleine mit Reet gedeckte Hütte. Neugierig geworden kann ich es nicht unterlassen, so nahe an die kleine Behausung heranzutreten, oder besser zu robben, dass ich durch eines der Fenster blicken kann. Es ist ein Schlafzimmer, in dem ein Frauenzimmer in einem viel zu kleinen Bett liegt. Potz Blitz! Welch Anblick! Das Mädel ist nahezu 2,10 m lang und mit einem bekleckerten Dirndl bekleidet. Ab den Kniekehlen hängen die Beine quer aus dem Bett – wie sollte es auch anders sein bei der hier in der Gegend gängigen Bettlänge von 140 Zentimetern. Scheinbar ist sie gerade aufgewacht, denn sie gähnt vor sich hin. Was für ein Kussmund, denke ich, was für ein Flammenwerfer in dieser kalten Jahreszeit!

Plötzlich scheint sie mich entdeckt zu haben, rennt an das Fenster, reißt die Flügel auf und ruft mir zu:

'Hallo Fremder, ich bin Schneewittchen Merkel, die Schwester der Gebrüder Grimm und habe mich vorgestern hier im Wald verlaufen. Ich war auf dem Weg zur Großmutter Angela nach Berlin, als ich des Weges abkam`.

'Ach so`, entgegne ich, `Dann kann ich gut verstehen, dass du hier vorerst Asyl suchst. Aber verrate mir mal, wie hast du es denn geschafft, in diese kleine Hütte zu kommen?'

'Ich war ganz kurz eingenickt, als mich sieben kleine Strolche in diese Behausung gezerrt haben, da sie meinten, mir ginge es nicht gut. Sie waren der Meinung, ich müsste ausruhen. Einer der Banausen machte mir sogar einen Heiratsantrag. Sodann meinten sie, ich müsse erst einmal zu Kräften kommen und fütterten mich mit Äpfeln, was mir überhaupt nicht gut bekam. Ich habe die ganze Nacht schwer gelegen und in einer Tour gerülpst von den Dingern'.

Mein Gott, welch Anmut in dieser Stimme lag! Genau das war die Frau, mit der ich bis nach Berlin gehen würde! Das erkannte ich sofort! Aber wie sollte ich das Mädel hier weg bekommen? Es wird schwer für sie sein, durch diese kleine Tür das Haus zu verlassen.

'Steig aus dem Fenster', sagte ich zu ihr, 'ich bring Dich nach Berlin.'

`Aber ich werde großen Schaden anrichten, das Fenster ist doch zu klein`, entgegnete sie.

`Mach dir keinen Kopf mein Deern, hier in der Gegend sind alle Hauseigentümer bei der ostfriesischen Brandkasse versichert. Diese deckt auch Schäden durch Naturwunder ab und das bist du ja wohl, wenn ich dich so ansehe. Zumindest haben sie es bei meiner Nichte Loreley bezahlt, als zwei Schiffer durch ihren Blick verführt ihre Kähne gegen einen Felsen lenkten`.

Na ja, so kletterte meine neue Flamme aus dem Fenster oder, besser ausgedrückt, brach sich durch die Wand der kleinen Hütte. Nur dank der Ständerbauweise blieb das Gebäude stehen. Die Zwerge würden es schon überleben. Jedenfalls schafften wir es aus der Gegend zu entkommen und fanden den Weg zurück zu Chef Nikolaus.

Zuerst versuchte er mir klar zu machen, dass er keine Frauen in seinem Haus dulde, ließ sich aber dann doch erweichen, Schneewittchen mit rein zu lassen. Er teilte ihr ein Bett für die Nacht zu und ich musste ihm versprechen, die Dame nicht in mein Bett zu lassen. Na ja, ich habe mein Versprechen gehalten und bin dann zu ihr ins Bett geschlüpft. Ich glaube, Nikolaus hat davon nur Vorteile gehabt, denn als ein paar Monate später die Zwillinge geboren wurden, haben wir ihn gebeten, den beiden einen Namen zu geben. Hänsel und Gretel fand er angenehm.

Leider hat ihn kurze Zeit später der böse Wolf ins Bein gebissen und so konnte er nicht bei der Taufe dabei sein – dafür kam seine Großmutter, die dann wiederum vor Gram um ihren Enkel Nikolaus den Wolf biss. Aber das sind weitere Geschichten.

Ach ja, fast hätte ich es vergessen, es fehlt ja noch der Blumenstrauß. Also den brachte Rotkäppchen mit zur Taufe und dabei stellte sich raus, dass sie eine weitere Enkelin von Großmutter war, aber eben unehelich geboren. Somit wussten beide nichts voneinander, denn Peter Pan, der Vater von Rotkäppchen, hatte sich direkt nach ihrer Geburt von seiner Frau Aschenputtel getrennt und war nach Berlin in die Nähe des Brandenburger Tors gezogen, um der Bundeswehr zu entgehen.

Nu reicht es aber, irgendwie hat die Bowle, die Oma mit zur Taufe gebracht hat, alles in mir durcheinandergebracht. Na ja, ich komme ja auch aus dem 17. Jahrhundert und das ist `Verdammt lang her`. Wolfgang Niedecken scheint es mal genauso gegangen zu sein wie mir.

15 Jahre

"Wo haben Sie sich kennengelernt?", fragte der Richter.

„Irgendwo, Herr Richter, Dort wo man jemanden kennenlernt, der pflichtbewusst seines Weges geht". Was für eine Frage in diesem Zusammenhang, dachte ich.

Kennengelernt hatte ich Tom irgendwo in der Stadt. Er rempelte mich an, ich rempelte ihn an – ist ja auch egal, wer wen. Der kurze Gedanke des 'auf die Fresse hauen' wich einem Gefühl der Neugier. 'Irgendetwas hat der Typ, was ich gebrauchen kann', dachte ich. So zogen wir gemeinsam los.

In der ersten Zeit waren es ein paar Bäckerläden, die des Nachts unseren Besuch bekamen. Tagsüber ging jeder in seine Schule, wobei man jedoch nicht von einer Regelmäßigkeit sprechen konnte. Was gingen uns unsere Eltern oder die Lehrer an? Die Anforderungen waren einfach nur Belastung.

"Irgendwo, Herr Richter", sagte ich, „Irgendwo on the road haben wir uns kennengelernt. Ist doch auch Mist egal, Herr Richter, was ändert es an der Tatsache? Was geschehen ist, ist geschehen. Tun Sie ihre Pflicht Euer Ehren und dann bleiben Sie mir vom Acker. Sprechen Sie ihren Wunsch aus und ich teile Ihnen meinen mit. Nur machen Sie es schnell, auf dem Weg zur Ewigkeit zählen die Minuten rückwärts und verlorene Zeit ist nun mal unwiederbringbar".

„Was ich mir dabei gedacht habe, Herr Richter? Ich habe mir nichts dabei gedacht. Ich habe einfach nur gehandelt und den Moment genutzt".

Nach den Bäckereien dachten Tom und ich darüber nach, wie man seine Freizeit sinnvoller nutzen könnte. Bäckereien waren einfach nur doof und brachten nichts ein. Wurde der Frust über die ewig währende Ebbe im Portemonnaie zu groß, dann klatschten wir eben mal einen Opa. Da gab es zwar nicht so viel Geld, aber es machte Spaß, um den Druck los zu werden, den Druck, immer unzufriedener zu werden und Aggressionen nicht mehr kontrollieren zu können. Unkontrollierte Aggressionen waren das Schlimmste für uns, das galt es zu vermeiden. So ein Opa zur rechten Zeit war dann immer sehr entspannend.

„Wer war die treibende Kraft?", fragte der Richter.

„Die treibende Kraft, Herr Richter? Nun jeder trieb für sich und wir beide zusammen - die Treibjagd".

Der Richter fühlte sich scheinbar verarscht, verstand ohnehin nichts, war bestimmt nie selbst on the road gewesen.

Nie hätte ich mir die Blöße gegeben, zu sagen, dass ich die treibende Kraft gewesen war. Warum auch, es stimmte ja nicht. Eine Idee zündete immer sofort in unseren beiden Köpfen. Wir sahen uns an und dann machten wir es einfach.

Nach den Opas brauchten wir einfach richtige Aktion. Gerade recht kamen uns die mit Unrat vollgestellten Flure der Großstadthäuser. Innerhalb weniger Monate zündelten wir in mehr als zwanzig Häusern. Es war immer lustig zu sehen, mit welcher Geschwindigkeit Menschen nachts um drei Uhr aus brennenden Häusern rannten, Frauen ihre Kinder aus dem Fenster warfen, oder selbst mit dem Baby im Arm runter auf die Straße sprangen. Wir genossen es.

Die Sache mit den Bränden kam dann erst zum erliegen, als eines Nachts ein Mann vor lauter Angst aus dem siebten Stock sprang und richtig geil hart auf dem Gehweg aufschlug. Der Anblick war ungewöhnlich. Konnte man das noch toppen? Nein, zumindest brauchten wir was Neues, was prickelnderes.

„Haben Ihnen die Menschen nicht leidgetan?", wollte der Richter wissen.

„Leid getan, Herr Richter, was ist das, was meinen Sie damit? Leid erfuhr ich in der Kindheit, zu Hause. Mein alkoholkranker Vater hat mir Leid zugefügt. Zumindest so lange, bis Leid in Hass umschlug und er mich halb totschlagen konnte, ohne dass es mir noch wehtat. Wenn er meine Mutter misshandelte, litt ich – anfangs zumindest. Später fragte ich mich, weshalb sie sich nicht wehren wollte. Sie war wohl einfach nur feige und zu weich".

Tom und ich waren dann auf Liebespaare aus. Schön anzusehen, wenn sie so in Feld und Flur, im Wald und wo auch immer in der Abgeschiedenheit ihren Freuden nachgingen. Lustig war es, wenn wir sie dann halbnackt aus den Autos zerrten, ihnen die Wertgegenstände abnahmen und sie bibbern sahen. Angst hätten sie, sagten sie. Alles was sie besitzen würden sie uns geben, sagten sie, nur frei sein und weggehen dürfen möchten sie. Wie ungemein witzig. Ich erinnere mich an einmal, als Tom die Hände der beiden in den elektrischen Fenstern des Autos festklemmte und dann die Handbremse löste. Langsam rollte der Wagen den Hang hinunter. Ich hörte sie schreien, die beiden. Oder jauchzen? Weiß auch nicht, jedenfalls plumpste der Karren dann in den See da irgendwo in den Bergen. Eines Nachts dann, beim Ausräumen eines Elektromarktes, sah ich im Fernseher, dass die Polizei nach den beiden suchte. Scheinbar waren sie doch nicht nach Hause gekommen. Hatten sich wohl zu sehr geschämt, oder was weiß ich, wo sie sich aufhielten, wohin sie gegangen waren und - überhaupt, was schert es mich.

„Haben Sie eine Freundin?", fragte der Richter.

„Freundin, Herr Richter? Nein, brauch ich nicht, habe ich auch nie gebraucht. Was soll ich damit, Herr Richter. Ich liebe meinen Hund, da bleibt einfach keine Zeit für sentimentale Dinge. Natürlich hatte ich mehrmals eine Freundin, aber nachdem deren Kohle alle war, was sollte man dann noch mit dem weiblichen Geschlecht? Schön, mit manchen konnte man nächtelang durchsaufen, den Tag im Bett verbringen, aber diese sinnvollen Beschäftigungen wurden ja auch nach ein paar Wochen ziemlich langweilig. So habe ich auch nie eine feste Beziehung gewünscht. Ist ja nur lästig, Herr Richter. Mit meinem Hund ist es nicht so kompliziert wissen Sie. Es ist einfach die große Liebe zwischen dem Hund und mir. Ich sorge für alles, was er braucht, halte alles von ihm ab, was ihm Schmerzen zufügen könnte – ich sorge mich einfach immer um ihn".

„Und Tom?", fragte der Richter, „Wie ist Ihr Verhältnis zu Tom?"

„Normal, Herr Richter". Diese Frage hatte ich mir allerdings noch nie gestellt. „Ganz normal. Ich beklaue ihn selten, nur wenn es notwendig ist, wenn ich meinen Anteil des Einkommens zu schnell aufgebraucht habe. Wir haben uns bisher gut verstanden, waren ein Team, wann immer wir unserer Arbeit nachgingen, wenn wir unser Geld holen mussten, wenn wir lustig sein wollten. Ansonsten kann ich dazu nichts sagen, Herr Richter. Überhaupt, was ist das, ein ‘Verhältnis‘?"

Tom und ich waren am Tag mal wieder in dem Laden für Campingzubehör. Gefällt uns gut, der Schuppen.

Nun ja, der Laden ist recht groß und es gibt doch immer mal wieder Schnäppchen dort, die der Markt so verlangt, oder man kann hübsche Verkäuferinnen dazu bewegen, etwas vom Boden aufzuheben, um es uns vorzuführen. Außerdem rechnet sich der Kleinkram, den ein Camper so braucht immer - Zum verkaufen meine ich, und günstig gibt es das Zeug ja in diesem Laden. Den Kleinkram kann man sich bequem in die Tasche stecken, denn außer der einen Kamera am Eingang gibt es keine weitere Überwachung. So kleine fünfzig Euronen schnappt man schon auf dem Markt für die Dinge, die in die Manteltasche passen. Die Typen kaufen uns gern immer mal ein Klappmesser, eine Taschenlampe oder ein paar Batterien ab.

So steckte ich mir gerade ein bisschen Kleinkram in die Manteltasche, als dieser Typ vorbei kam. Er sagte nichts, schaute mir nur interessiert zu und ging in Richtung Kasse mit seinem Gaskocher, den er gerade aus dem Regal in meiner Gasse genommen hatte. Tom holte sich den Taschengrill aus der Auslage, sowie wir es besprochen haben und wir gingen zur Kasse, um das Ding zu bezahlen. Der Typ mit dem Kocher stand da immer noch rum. Er bezahlte, schaute in meine Richtung und nickte dem Kassierer leicht zu, wie ich bemerkte. Wir kauften den Grill und passierten die Kasse.

Plötzlich sagte der Kassierer zu mir: „Kommen Sie bitte mal mit nach hinten."

„Gern", sagte ich. So wie Tom und ich es bereits seit Jahren machen, taten wir es auch heute. Kurz vor Erreichen der Kasse wechselten wir unsere Mäntel – wir tragen beide immer dieselben Modelle.

„Darf ich Sie bitten, die Manteltasche zu leeren?", fragt der Kassierer.

„Warum, frage ich ihn provozierend?"

„Der Herr dort hat bemerkt, dass Sie etwas eingesteckt haben, was ohne Bezahlung an der Kasse vorbei geschleust wurde."

„Der Herr dort hinten", äffte ich, „Wer ist der Herr dahinten?"

„Ein Kunde, ein Camper vom Platz am See" entgegnete der Kassierer und: „Ist doch auch egal."

Nun ja, wenn er es denn so wünscht.... Die Taschen leer, der Kassenmann wohl leicht säuerlich und beschämt.

„Es tut mir leid, hat der Herr wohl falsch beobachtet, wie kann ich es wieder gut machen, wie peinlich." - Ach und je.

„Bei Ihnen klaue ich nichts mehr, darauf können sie sich verlassen", sagte ich zu ihm, die Sache ins Lächerliche ziehend.

Draußen wartete Tom in seinem Kombi. „Alles okay?" fragte er. "Alles ok, Tom", entgegnete ich. „Der Typ, der mich angeschmiert hat, campt am See."

„Interessant", meinte Tom, „Sehr interessant. Meinst Du er zahlt Dir Schmerzensgeld?"

„Geniale Idee, Tom, denke ich auch gerade darüber nach. Wir finden den Heini – auf dem Platz stehen nicht so viele Wohnwagen."

Am Nachmittag packten wir dann unser Zelt, den neuen Grill und ein bisschen Zeug, was so gebraucht wird ein und fuhren zum Campingplatz am See. Das Wetter war ganz nett und so dauerte der Aufbau des Zeltes nicht länger als zwei Flaschen Pils. Danach machten wir es uns ein bisschen vor unserer Behausung gemütlich und beobachteten die anderen Camper.

Trotzdem wir jeden mit unserem „Grüß Gott, Herr Camperfreund", begrüßten, wollte niemand so recht mit uns ins Gespräch kommen. Irgendwann später kam dann mal der Platzwart und meinte, wir sollten bitte etwas leiser sein. Lautere Gespräche könnte man abends am See machen, da dort eine große Party stattfinden würde. So beschlossen wir, unseren Platz vor dem Zelt aufzugeben und ein wenig durch die Parzellen zu schlendern. Die Kiste Pils war ohnehin alle und so konnte man einem Streit mit dem blöden Platzwart aus dem Weg gehen. Meinen Freund aus dem Campingladen hatte ich beim Rumsitzen nicht gesehen. Also besser mal aufbrechen!

Zwischen den Wohnwagen und wenigen Zelten herrschte reges Treiben. Hier wurde gegrillt, dort ein Baby gewaschen, dann wieder spielten Kinder mit ihren Eltern Karten. Wir streunten ein bisschen zwischen den Plätzen der Dauercamper rum. Hier war wenig los. Manni musste nach dem vielen Bier mal pinkeln und verzog sich hinter einen Wohnwagen. Der Wohnwagen hatte einen kleinen Anbau, der nicht verschlossen war. Das übliche Versteck! Der Zweitschlüssel hängt fast immer über dem Türrahmen oder liegt unter einer Fußmatte. Er passte in die Wohnwagentür und als Manni wieder um die Ecke kam, machten wir es uns ein bisschen bequem in der Kiste. Wie luxuriös dachte ich. Wenn man mal ein bisschen mehr Bares schnappt, kaufe ich mir auch so ein Ding.

Erst einmal jedenfalls fanden wir im Kühlschrank ein paar Bier, die uns guttaten. Mit dem Küchenmesser aus der Besteckschublade ritzen wir dann unsere Namen in die Tür des Kleiderschrankes: Tom H. + Klaus B. 2011. Ich ging nochmal kurz raus in den Anbau und holte die Dose mit dem Bauschaum. Nachdem wir den Toilettendeckel im Wohni damit zusammengeklebt hatten, sprühten wir den Rest in den Kühlschrank – so würde die Tür auch besser halten, zumindest von innen. Tom nahm dann noch eine Flasche Spiritus aus dem Küchenregal und platzierte diese dann direkt hinter die Verkleidung der Heizung. Mehr war wirklich nicht!

Wir sind dann raus, wollten vor der Abendfeier am See noch ein kleines Nickerchen im Zelt machen. Und da sahen wir ihn, den, der mir Schmerzensgeld schuldete. Tom meinte, ich solle ihn ansprechen, aber ich wollte mir das doch für die Nacht aufheben. „Lass man, Tom, den besuchen wir später", sagte ich. Der Typ hatte uns jedoch erkannt. Irgendwie wechselte er die Hautfarbe, sagte aber nichts, verschwand dann schnell in seinen Wagen. Der größte Wohnwagen auf dem Platz übrigens!

Die Party am See war wirklich genial! Wir sind um 22 Uhr rüber gegangen und haben uns eine Flasche Korn mitgenommen, da es an den Ständen einfach zu teuer war. Auf dem Weg vom Platz zum See klaute ich noch einem älteren Herrn das Handy aus der Manteltasche. Ohne Simkarte geht so was immer gut weg am Bahnhof und ältere Leute haben ihr Handy meistens bar bezahlt.

Ich weiß dann auch nur, dass ich morgens gegen 5 Uhr in der Polizeiwache wieder zu mir kam. Was genau im Zeitraum zwischen Party und der Zelle lag, setzte sich erst bruchstückhaft und dann doch wieder recht präzise zusammen, als der Staatsanwalt mich gezielt danach fragte:

„Und in der besagten Nacht, die Sie letztendlich auch zu uns geführt hat, was genau ging da ab?"

„Ja, was genau ging da ab, Herr Richter. Es war einfach eine normale Nacht, ähnlich den vielen vorher, nur das scheinbar etwas leicht aus dem Ruder lief. Wir wollten uns nur ein paar Handys holen und vielleicht etwas Bargeld. Wir haben am See gefeiert, irgend so eine Party eines Radiosenders. Viele Leute da, auch vom naheliegenden Campingplatz. Irgendwann bekamen wir dann Hunger. Wo hätten wir ausführlicher speisen können, als bei den Campern, dachten wir. Die haben immer etwas zu essen im Wagen, Herr Richter, wir hatten ja nichts in unserem kleinen Zelt. Und Bier und Handys und Bargeld und was sonst noch zu Geld zu machen ist, haben die da auch. So gingen wir dann rüber zum Campingplatz und suchten uns den größten Wohnwagen aus, der auf dem Platz stand. Den Typen, dem der Wagen gehörte, kannten wir ja. Er schuldete mir ohnehin noch etwas, da er am Vormittag in einem Geschäft fälschlicherweise behauptet hatte, ich hätte etwas geklaut.

Jedenfalls waren die Leute gar nicht nett, als wir sie aus dem Schlaf klopften. Ich bat die Alte, uns etwas zu essen zu machen, da mit ihrem Alten noch etwas eingehend zu besprechen sei. Das gefiel dem Typen ganz und gar nicht und er meinte, wir sollen seine Frau in Ruhe lassen und er wird die Polizei rufen und so weiter. Nach einem kurzen aber heftigen Wortwechsel mussten wir ihm dann was aufs Maul geben. Nun gut, ein bisschen zu hart, vielleicht, Herr Richter, aber es war Ruhe im Waggon. Zu essen gab es jedenfalls nichts, uns war auch der Appetit vergangen. Das dauernde Gezeter der Alten ging uns auf die Nerven und so klatschten wir ihr auch noch eins. Dann suchten wir uns noch raus, was man sonst noch gebrauchen könnte. Wir haben deren Hund mit rausgenommen und den dann Wohnwagen angesteckt. Ich nehme an, dass die beiden Alten es irgendwie nicht mitbekommen hatten, dass es heiß wurde, oder sie waren eingeschlafen, oder hatten sich noch nicht recht von unserer Bitte nach etwas Essbaren erholt. Ist ja auch egal, Herr Richter. Mein Gott, wie knallte das Ding ab, als es die Gasflaschen erwischte. Kurze Zeit später wurde es erst richtig lustig auf dem Platz, Herr Richter, wirklich lustig, hätten Sie auch gesagt. Dutzende Menschen rannten, halbnackt, nackt oder nur im Schlafanzug über den Platz, schrien hektisch nach Hilfe, versuchten vergeblich den Leuten im brennenden Wohnwagen zu helfen, riefen nach der Feuerwehr und dem Platzwart und allem denkbaren, was ihrer Meinung nach helfen könnte. Richtig gut ging es da ab, Herr Richter. Hätten diese blöden Polizisten nicht den Eingang zum Platz zugemacht, um zu kontrollieren, wer sich dort aufhielt, wären wir nie aufgeflogen. Tom hat dann ja noch versucht, den Platzwart dazu zu bewegen, ihn durch den Notausgang raus zu lassen, was aber gründlich misslang – Tom hatte ihn wohl zu hart angefasst – aber deshalb bin ich jetzt ja wohl auch hier, Herr Richter, oder?"

„Sie haben vier Menschen umgebracht, ist Ihnen das klar?"

„Umgebracht, Herr Richter? Nö, die beiden auf dem Campingplatz wollten uns nicht helfen, es war ein Unfall. Sozusagen war es unterlassene Hilfeleistung der beiden und dann passiert so etwas eben mal, Herr Richter. Und, die Zwei im Auto, sie freuten sich doch scheinbar, als der Karren rollte, zumindest hatte es den Anschein, für mich".

Irgendwann, später an diesem Nachmittag, sagte der Richter: „15 Jahre Herr Bauer. Dann sehen wir weiter".

Nun ja, 15 Jahre - was ist das schon? Gibt 'nen Haufen guter Leute da, wo ich jetzt hingehe, habe ich mir sagen lassen. Tom ist bestimmt auch da. Ist mir aber auch egal. Hat mir ohnehin immer nur wenig von dem abgegeben, was mir zustand. Wollte immer die Hälfte haben, wobei doch ich immer die tollen Ideen hatte.

„Wir werden Ihnen in den nächsten Jahren helfen", sagte der Richter. „Sie bekommen einen Therapieplatz". Irgendwas mit Tiefenpsychologie sagte er. Es klang so ähnlich wie 'Bewältigung des Kindheitstraumas' und so weiter. Nun ja, ich versteh eh nicht so ganz, was er meint. Vielleicht werde ich dann meinen Vater lieben und dafür meinen Nachbarn hassen?

Wie groß der Schmerz, meinen Hund nie mehr wieder zu sehen – er wird gestorben sein, wenn ich wieder Zeit für ihn habe.

Ungestilltes Sehnen

Die Blaulichter zucken im Takt der Windböen. Der leblose Körper liegt seltsam verkrümmt an der Böschung, so als ob er, noch energiehaltig, voran gelaufen war und dann durch einen Schreck während der Flucht jäh den Kopf um 180 Grad nach hinten gedreht hatte.

Die junge Frau ist tot. Herausgeschleudert aus ihrem Fahrzeug, chancenlos trotz aller technischen Hilfsmittel im letzten Bruchteil einer Sekunde vor ihrem Ende mit der falschen Hoffnung an Gott gestorben. Nicht jeder Zeitpunkt rechtfertigt das Gebet um Hilfe.

Mit dem Herannahen der kalten Jahreszeit steigt die Spannung in ihm. Schon sehnsüchtig und müde wegen der zumeist schlaflosen Nächte im November fiebert er dem ersten Frost entgegen. Aufregend ist es, wenn die Abende mit nur geringen Plusgraden in den frühen Nachtstunden ins Minus übergehen und sich der leichte Raureif schmierseifig auf dem Straßenbelag festsetzt. Dies ist seine Zeit, in der die jungen Leute frühmorgens übermütig aus der Disko in ihr Auto verschwinden und die Länge der Nacht mit der Zeitverkürzung der hohen Geschwindigkeit beantworten.

Diese lange Bundesstraße mit nur einer Rechtskurve ist sein Leben. Der Polizeifunk überträgt alle Einsatzmeldungen, 24 Stunden lang, Tag und Nacht in jedes Zimmer seines Hauses. Die Hilferufe verstummen erst im Frühjahr, wenn der Frost den Boden verlassen hat.

Die Polizei lässt ihn gewähren. In der ersten Zeit hielten Sie ihn aufgrund seines Presseausweises für einen Lokalreporter, der seiner Pflicht zur Darstellung des Dramas nachkommen muss, um zu leben. Mittlerweile kennt man ihn und weiß, dass er die Ruhe bringt.

Nur selten haben die jungen Menschen, die an der Straße ihr Leben ohne Vorwissen ablegen, die Augen geschlossen, wenn er eintrifft. Von den vielen Verlusten der letzten Jahre waren es nur sehr wenige, die der für Sie unaufschiebbare Augenblick die Antwort vergönnt hatte, ihre Seelenfenster zu schließen, obgleich es ihnen die Ruhe des Todes erlaubt hätte. Er allein ist dazu da, der Seele die Sorgen zu nehmen.

Es würde ihn unsagbar schmerzen, wenn er in dieser Jahreszeit nicht jedem die Ruhe bringen könnte, der an der Straße danach verlangt. Völlig undenkbar wäre es, wenn er die Nachricht über den Verlust eines jungen Menschenlebens an seiner Straße verpassen würde.

Es ist nicht so häufig vorgekommen, dass er die so elementare Meldung versäumt hatte, die über das Wohl der Todesruhe entschied. In diesen wenigen Fällen verlangt es das Gebot der Fürsorge, die Fragen des offenen Blickes zu erfüllen. Für die von ihm zu Betreuenden ist es unsagbar schwer, ihre Seelenruhe zu finden, wenn *er* nicht erkennen würde, ob sich die Augen bereits im Moment des Geschehens geschlossen hatten, oder aber fremd geschlossen worden waren.

Um sich einer solch unfertigen Seele anzunehmen, muss er innerhalb nur weniger Stunden in die Leichenhalle. Er wird den Körper des Unseligen dann mitnehmen, zurück in das Amphitheater an der Bundesstraße. Dem Empfindungslosen wird er dort die Augen wieder öffnen und diese digitalisieren. Sodann wird er diese wieder verschließen und den Körper in die Trauerhalle zurückbringen, damit die Sterblichen ihren Abschied vorbereiten können. Nur so wird die Seele die nötige Ruhe finden. Es muss sein, auch wenn diese Art des Augensammelns die schwerste ist, schon bedingt durch die teilweise unbezwingbare Körperfülle des nun fast entseelten Körpers oder der fehlenden Griffigkeit desselben infolge fehlender Gliedmaße, die am Unfallort bisher nicht auffindbar waren. Seine Rolle gebietet diese Sorgfalt, um seine eigene Unsterblichkeit am Leben zu erhalten.

Er beugt sich leicht über das tote Mädchen, um sie anzusehen. Wie häufig schon hatte er in solche Augen geschaut. Sie sind geöffnet, drücken die unbeantwortete Frage nach dem zu kurzen Leben aus, fragen nach dem Sinn dessen, was geschehen ist und suchen die Antwort auf das Unvollendete. Sie suchen das Gespräch, das den Abschluss der Ungewissheit bringen soll. Seine lange Erfahrung machte es ihm leicht, die Augen auf seiner Digitalkamera am Leben zu erhalten. In der kleinen ledernen Schutztasche verstaut, nimmt er sie mit nach Hause.

Das junge Mädchen soll schnellstmöglich seine Aufmerksamkeit erfahren. Ihre Seele muss zur Ruhe kommen. Er ist sich seiner Verantwortung als Augensammler voll bewusst, als er im Keller seines Hauses die Arbeit aufnimmt. Beim Betrachten seines Fotoalbums beweisen ihm Dutzende Paare geschlossener Augen seine Fähigkeit, immer die richtige Antwort zu finden. Bisher hat er noch niemals eine unerfüllte Arbeit schultern müssen. Auf der linken Seite der Papierausdruck geöffneter Blicke und rechts daneben dann die Früchte seiner Arbeit, gedruckt als geschlossene Augen der eben noch ungestillten Seele.

Er ist mit sich selbst zufrieden, als er den Dialog gekonnt beginnt. Tief in die digitalisierten Augen blickend, stellt allein er die wichtigen Fragen. Die Frage nach dem Namen wäre unnütz, kann man diesen doch morgen in der Todesanzeige der Tageszeitung lesen. Die Frage nach dem Alter ist ebenso nutzlos, da auch diese Antwort zu lesen sein wird und er ohnehin nur die Antwort `zu jung` hören würde. Die Frage nach dem `Wie kam es dazu` wird im Nichts enden, da die Erklärung kein ungeschehen wahr werden lassen würde und der Seele nur unnütz weiteren Schaden durch Vorwürfe zufügt. Ebenso unsinnig wäre die Frage nach dem `Woher kommst Du` und noch schlimmer `Wer vermisst Dich` , da diese der Seele nicht gut tun würde in ihrer Trauer der Gedanken an die Menschen, die sie liebt. Würde der Gegangene nämlich schmerzhaft vermisst werden, so verstärkt bei dieser Frage das Selbstmitleid der Seele die Trauer. Würde er jedoch nicht vermisst, gäbe es zu viele Fragen nach dem `Warum?`

Er betrachtet den Seelenausdruck der Frau sehr intensiv und weiß, dass der von ihm in den letzten Jahren stetig verbesserte Fragenkatalog jetzt seine Anwendung finden wird.

`Was hast Du zu verbergen, Menschenkind?`, fragt er stumm und `Sage nicht, dass es nichts gibt, was Du geheim halten willst, denn sonst hättest Du Deine Augen geschlossen. Ich bin der Mensch an Deiner Seite, der in Dich hinein sehen kann, wie niemand sonst. Ein dunkler Schleier liegt über Deinem starren Blick, Deine Pupillen sind gerötet, so, als würdest Du im Tod noch weinen. Ich kenne das von den Menschen, die noch eine ungeklärte Geschichte haben, die nicht Abschied nehmen können, keine Ruhe finden, ohne Klärung. Nun bin ich da! Wer vermisst Dich und weshalb? Was hättest Du noch im Leben gewollt?`

`Du glaubst mir nicht? Glaube mir, ich lüge nie. Meine Aufgabe ist es, ungestillten Seelen wie Dir zu helfen. Deshalb erzähle mir Deine unbereinigte Geschichte. Ich höre!`

Eindringlich drang die Stimme zu der jungen Frau durch. In einer ihrer Pupillen öffnete sich eine kleine Kugel, die aussah, wie die Kristallkugel eines Weissagers. Diese Kugel ließ den Augensammler tief in das Leben der jungen Frau blicken.

`Ich habe eine kleine Tochter, 5 Jahre alt, sie heißt Makawe. Meine Eltern und ich sind Syrer. Sie durften von meiner Schwangerschaft nichts wissen. Jonas und ich sind abgehauen nach Berlin und dort, getrieben von der Angst, untergetaucht. Ich sollte keinen Deutschen Freund haben. Dort kam meine Tochter zur Welt. Niemand in meiner Familie weiß von ihr. Nun hatte ich Hoffnung, Frieden mit meiner Familie zu finden. Ich war auf dem Weg zu ihnen, als der Unfall passierte. Jonas und ich sind nicht verheiratet und er wird von meinem Tod nichts erfahren. Er wird denken, ich wäre von meiner Familie an einer Rückkehr gehindert und nach Syrien verbracht worden. Meine Tochter wird meine Geschichte nie erfahren und immer die Suchende bleiben müssen. Bitte lieber Herr, hilf mir meine Ruhe zu finden und das Unerledigte zu besiegen`.

Er versprach es, da er wusste, dass er es erfüllen kann. Sie wird ihre Augen jetzt schließen, da sie ihm vertraut – wen sonst hätte sie auch noch im Tod? Ihre Seele ist beruhigt.

Mit seinem Bildbearbeitungsprogramm schließt er ihre Augen und reiht die junge Frau auf der rechten Seite seines Kataloges ein, dort, wo sich die gestillten Seelen ausruhen.

Mein Name ist Heiner B.

Mein Name ist Heiner B. Ich lebe von Burgern, genauer gesagt von Hamburgern, Cheeseburgern und dem ganzen Angebot ähnlich undefinierbarer, jedoch heutzutage unter den Begriff `Nahrungsmittel` fallender Dinge, die sich zwischen zwei pappige Brötchenhälften drücken lassen. Na ja, so ganz stimmt es nicht, ich lebe auch von Tütensuppen, Fertigpizzen und allerlei weiteren chemischen Substanzen, die in Pappschachteln versteckt, aneinander gereiht die Auslagen der Kühltheken in den Supermärkten füllen.

Früher wusste ich nicht einmal, wie man convenience food schreibt. Nun ja, es hat sich so vieles geändert in den letzten drei Jahren, auch meine Figur. Irgendwie bin ich fülliger geworden, trotzdem wir doch 3 - 4mal in der Woche abends essen gehen und ich dann beim Salat bleibe. Mein Arzt sagt immer, ich solle einfach mehr Vitamine und Mineralstoffe zu mir nehmen. Mach ich doch, gerade gestern, am Valentinstag, hatte ich doch wieder diesen leckeren knackigen Caesar Salat mit Hähnchenstreifen aus dem benachbarten Holland, als wir beim Italiener zum Essen waren. Was kann daran falsch sein, sagt Steffie? Millionen von Hähnchenessern in Deutschland könne sich doch nicht irren, oder?

Und es hat sich noch mehr geändert in der letzten Zeit, seit dem ich eine Tochter habe. Ein Jahr alt ist der süße Fratz nun. Das mir das mit meinen 72 Jahren noch vergönnt war – irgendwie bin ich doch ein toller Hallo. Das einzige, was ich mitbestimmen konnte, war ihr Name. Zuerst hatte ich auf Gertrud bestanden, da mir Chantal oder Jessie nicht zugesagt hatten. Letztlich konnten meine Freundin Steffie und ich uns dann auf Whitney einigen. Passt doch, wenn ich mir die dunklen Locken der Kleinen so ansehe – nur komisch, dass ich immer blond war bis zu dem gewissen Alter, ab dem ich anfangen musste zu erklären, dass ich ehemals blonde Haare hatte. Wo der

Fratz die Locken her hat, weiß ich nicht, muss wohl weit in unserer Ahnenreihe zurück verankert sein, denn Steffie hat auch keine.

Kurz nachdem ich mir den Porsche gekauft hatte, lernte ich Steffie kennen. Steffie arbeitete in der Praxis meines Hausarztes, den ich regelmäßig wegen meiner angegriffenen Prostata aufsuchen muss.

„Na Herr Berschor", sagte sie beim ersten Mal in Ihrer süßen Sächsischen Ausdrucksweise, als sie meinen Harnbecher in Empfang nahm, „Sieht doch noch ganz gut aus, Herr Berschor" . Mehr nicht, aber eben auch nicht weniger.

Nie zuvor hatte jemand aus meinem Urin gelesen und dann noch in diesem hinreißenden Dialekt. Sieht doch noch ganz gut aus, Herr Berger - mein Gott, wie hatte ich ein solches Lob in den letzten Jahren der bis dato 51 Jahre währenden Ehe mit Josefine vermisst. Für Josefine sah an mir fast nichts mehr gut aus. Bei Steffie war es zumindest die Farbe meines Urins – wenn das kein gutes Omen für einen Neuanfang war!

„Du musst Dich schonen, Heiner, soll ich dir eine Wärmflasche machen, Heiner, was darf ich dir heute kochen, Heiner, bleib heute Morgen ruhig im Bett mein lieber Heiner, ich mache das Frühstück, soll ich dir die Zeitung bringen?". Ist aus Heiner denn ein Heinerle geworden?!

Nun, zugegeben, so gut bin ich nicht mehr zu Fuß, im Bett sind die in jungen Jahren kühnen, den Darbietungen des chinesischen Nationalzirkus nachgeahmten Stellungen mittlerweile eher den ruhigen Sketches des Ohnesorg Theaters gewichen. Aber wenn ich in den Spiegel schaue, erkenne ich immer noch, wie aufregend ich auf Frauen wirken muss, während Josefine natürlich sehr gealtert ist. Mit ihren jetzt 69 Jahren übt sie lange nicht mehr die Attraktivität der frühen Jahre auf mich aus. Hätte sie sich nicht etwas mehr Mühe geben können? Weshalb sie diese Falten angesetzt hatte, ihrem Körper den Verlust der Straffheit genehmigen konnte, ärgert mich schon. Mich machen Falten nur reifer, der Bauch drückt Wohlstand aus, die grüne Cordhose mit der braunen Weste symbolisiert die Jagd, den Jüngling, den Eroberer. Die gepflegte Kopfhaut reiht mich ein in die Galerie der ganzen Kerle wie Jyl Brünner oder Kojak. Nichts von dieser Jugend hat Josefine sich erhalten!

Kinder haben wir nie gehabt. Nur gut, dass ich mir mit Steffie jetzt meinen Enkel selbst gemacht habe. Whitney wird sich freuen, wenn sie in die Schule kommt und Papi bringt sie hin, auch wenn er dann bereits 78 Jahre alt sein wird. Ist doch egal, was die anderen Kinder sagen, von wegen Opa und so.

Überhaupt, mit Steffie ist alles ganz anders. Die Frau hat einfach Elan, oder drive, wie man es heutzutage nennt. Steffie kocht nicht, da wir es schick finden, essen zu gehen. Sie akzeptiert zwar meinen Mittagsschlaf nicht so, wie ich es von Josefine gewohnt war, aber letztendlich gibt sie den Weg Nachmittags doch frei für mich und die Wärmflasche. Es ist auch recht angenehm, dass Steffie nicht bügelt. Bügeln kann nerven, wenn man als Mann gerade seine Sportschau sehen möchte. Na ja, Josefine hatte eingesehen, dass wir uns die Kosten für die Heißmangel zum bügeln der Hemden sparen können, aber jetzt ist jetzt und überhaupt haben so tolle Frauen wie Steffie auch andere Dinge zu erledigen. Sie geht zum Beispiel gern shoppen – Josefine war da immer zu zaghaft, auch wenn ich ihr vor Jahren mal gesagt hatte, sie dürfe sich auch ruhig einmal etwas kaufen. Früher war eben auch alles etwas anders, das Geschäft musste aufgebaut werden, wir mussten das Geld zusammenhalten. Nun kann ich mir etwas leisten, kommt gerade recht in der Zeit mit Steffie. Ich verstehe, dass sich die jungen Frauen was gönnen möchten, sieht man doch an Josefine, wie schnell Frauen letztendlich altern.

Steffie liebt mich heiß und innig. Ich sehe immer, wie stolz sie ist, wenn sie mit dem Porsche Cabriolet aus Dresden vom Besuch ihrer Eltern zurück ist. Für mich sind solche Touren manchmal zu anstrengend, aber das sage ich ihr natürlich nicht. Ich glaube, es ist auch eher Einbildung meinerseits. Jedenfalls beteuert Steffie jedes Mal, wie sehr sie mich doch liebt und wie schön die Zeit mit mir ist. Josefine hatte da eine ganz andere Auffassung, mir ihre angebliche Liebe zu definieren. Wie schön doch die Vertrautheit wäre und wie beruhigend es doch sei, miteinander alt zu werden und sich aufeinander verlassen zu können, sagte sie zu mir. Das ist ja wohl wirklich ein bisschen zu wenig.

Da ist es mit Steffie doch ganz was anderes, richtige Liebe eben. Gestern sagte sie mir, wir sollten einen Notartermin machen, damit sie ins Grundbuch des Hauses eingetragen würde. Dies wegen Whitney und so und es kann ja angehen, das wir beide zusammen mal verunglücken und dann würde sie als Mutter ja im Grundbuch stehen und es wäre gut, dass das Kind dann versorgt wäre und so weiter. Ganz habe ich nicht verstanden, weshalb Steffie im Grundbuch vermerkt sein möchte, insbesondere, da wir dann nach dem Unfall doch beide tot wären, aber heutzutage sind die Gesetze wohl so. Da verlass ich mich auch ganz auf Steffie, schließlich ist sie jung und will nur das Beste für mich. Ich glaube, Josefine würde sich dann ohnehin sehr freuen, das Kind zu sich zu nehmen. Bisher habe ich sie nicht gefragt, ob sie das Kind mal nehmen würde, wenn Steffie und ich etwas vorhaben, aber bei Gelegenheit spreche ich sie darauf an. Josefine liebt Kinder und dies ist ja dann auch nicht ganz so fremd. Und überhaupt wird sie Steffie und das Kind irgendwann mal mögen.

Alles in allem weiß ich, dass es für ältere Männer besser ist, wenn sie eine junge Frau oder Geliebte haben. Neben der Anerkennung durch die Freunde bleibt man selbst auch länger jung. Gut, die Falten kommen, der Bauch wächst, die Arme werden zu Ärmchen und die Kniebeuge droht manchmal zur Pirouette des sterbenden Schwans zu verkommen, aber es ist toll. Die Eltern, wie in meinem Fall von Steffie, müssen erst einmal eine gewisse Gewöhnungsphase durchlaufen, bis der Schwiegervater akzeptiert hat, dass er um einiges jünger ist, als der Freund seiner Tochter, aber es ist eben eine reine Gewöhnung. Für mich mit meinen 72 Lebensjahren ist es ja auch komisch, zur Mutter von Steffie `Mutti` zu sagen, obwohl sie gerade erst ihren 48ten gefeiert hat.

Die Zeit ist ebenso, Junges zählt und ist `In`. Zähle ich die Lebensjahre von Steffie und mir zusammen, so erreichen wir gerade die 99. Das macht durch 2 so knappe 49 Jahre pro Kopf. Da bin ich dann etwa so alt, wie Steffies Mutter. Das macht doch Mut, weckt Gefühle. Addiere ich dagegen Josefine's und meine Jahre, so ergibt die Teilung durch 2 bereits 71 Jahre! Mein Gott, da bin ich ja nahezu genauso alt, wie ich wirklich bin. Grausam, aber man muss so rechnen, denn nur die Zweisamkeit zählt.

Manchmal bin ich aber auch nur müde. Müde von den jungen Dingern, erschöpft und mir wird die Oberflächlichkeit von Steffie und die Seriosität und die Wärme von Josefine bewusst. Dann verziehe ich mich in mein Inneres und bin eben doch schon 72 Jahre alt, man kann es teilen, so oft man möchte, denn rechne ich noch das Alter meiner Tochter hinzu, so bin ich nach der Teilung durch 3 erst 34 Jahre alt, was nun gar nicht stimmt. In diesen Momenten bin ich mir gegenüber sehr ehrlich – schon 49 Lebensjahre sind doch die pure Einbildung, nicht nur wenn ich an Sex denke. Ich denke dann auch, dass ich das Leben von drei Menschen störe: Das von Whitney, die mit ihren zarten 2 Lebensjahren nie ihren Vater richtig kennenlernen wird, das Leben von Josefine, die ihres auf meines aufgebaut hat und der ich den Lebensinhalt und die Illusionen genommen habe und mein Leben, aus dem es keinen Ausweg mehr gibt, ohne Scherben zu hinterlassen. Steffie hat sich selbst zerstört, in ihrer Gier nach Versorgung.

Mein Name ist Heiner B. Ich wollte noch einmal neu erleben, habe aber das Leben nicht begriffen. Ich habe gemerkt, dass ich den Sinn des Lebens nicht gefunden habe. Ich werde mit meiner Einsamkeit leben müssen. Mein Name ist Heiner B. und ich bin ehrliche 72 Jahre alt. Josefine weiß es und lächelt weise.

Treibstoff

Der grüne Punkt

Mandy Burggrün hat ein Problem. Um präziser zu sein, hat sie nur ein halbes Problem. Der Müll ist ja schon da. Es stellt sich somit nicht mehr die Herstellungs – sondern nur noch die Entsorgungsfrage.

Anfangs hatte es ihr richtig Spaß gemacht. Ritchie war eine Granate im Bett und immer zur Stelle, wenn Roy mit dem LKW unterwegs war. Zum besseren Verständnis, Roy ist Mandys Ehemann. Sie ist in vierter Ehe mit Roy verheiratet und das seit sechs Jahren.

Mandy und Roy sind begeisterte Camper. Vor vier Jahren hatten sie sich bei einer Wohnmobilmesse entschieden, das Fahrzeug zu kaufen. Es war nicht mehr das neueste Modell, aber dem Finanzierungsangebot konnten sie nicht widerstehen. Sieben Jahre noch und dann wird das Bett mit Motor bezahlt sein. Eine absehbare Zeit, dachte Mandy. Wenn es so weitergeht mit Roy, Ritchie und hier und da auch mit sonst wem, war das Ding ja auch eine gute Investition, zumindest für Mandy. Auf der einen Seite wurde darin natürlich immer mal Müll erzeugt, anderseits aber konnte der Müll auf jedem Rast- oder Campingplatz auch gut entsorgt werden.

Mandy war froh, dass sie sich nachträglich die Tiefkühltruhe in das Wohnmobil einbauen lassen hatte. Die Größe war genau ausreichend für ihre Zwecke. Eine Frau in Berlin hatte sie auf die Idee gebracht. Die Frau war nur leider bei der Entsorgung erwischt worden. Nicht jede Art Müll kann man lange aufbewahren, dass war der Verderb der Frau in Berlin gewesen. Sie hatte nur das Wohnmobil aber keine Tiefkühltruhe und war kreuz und quer durch die Stadt gefahren, um einen geeigneten Entsorgungsplatz zu finden. Die Polizei hatte bei einer Routinekontrolle den Braten gerochen.

Vor drei Jahren war das Müllproblem zum ersten Mal aufgetreten. Irgendein Typ hatte es verbockt, so auf die schnelle und dann den Mist hinterlassen. Mandy hatte es nicht für richtig gehalten, ihrem Ehemann Roy davon zu erzählen. Schließlich ging es ihn ja nichts an und helfen hätte er ihr auch nicht können. Nähere Angaben zu seinem Namen oder gar Wohnort hatte sie nicht erfragt. Wozu auch, der hätte den Kram Monate später ohnehin nicht abgeholt. Außerdem stand der Osterurlaub an und so konnte Mandy den Unrat in der Tiefkühltruhe lagern und auf dem Campingplatz in Westfalen gut entsorgen.

Es ist nie was nach gekommen, sie hatte es ja auch geschickt angestellt. Kurz bevor die Müllabfuhr kam, hatte sie das Müllpaket in den Abfalleimer der Herrentoilette entsorgt. Welcher Müllmann kramt schon im Unrat einer Herrentoilette, bei der Damenseite wäre es wahrscheinlicher gewesen.

Während ihrer vielen Wohnmobilreisen hatte Mandy immer präziser heraus gefunden, welche Lokalitäten sich auf Campingplätzen anbieten, um unbemerkt Müll zu entsorgen.

Erst vor zwei Jahren kam ihr diese Präzision zu Gute. Ritchie hatte mal wieder etwas hinterlassen. Dieses Mal musste der Kram fast drei Monate in die Tiefkühltruhe, bevor Mandy und Roy wieder in den Urlaub fuhren. Auf dem Weg in den Süden wurde es immer wärmer im Wohnmobil. Zu allem Übel fiel dann kurz nach Barcelona die Kühltruhe aus. Gott sei Dank hatte Mandy es sofort bemerkt. Perfekt aber auch, dass sie gerade neben einem anderen Wohnmobil standen. Roy war kurz eingenickt und für sie war es ein leichtes, den Abfall in dem unverschlossenen Heckkasten des Nachbarwohnmobils zu entsorgen.

Danach setzte sie sich ans Steuer und fuhr weiter in die Nacht hinein. Roy fand es gut, am Morgen beim aufwachen bereits fast am Ziel zu sein. Er wusste, dass er die richtige Frau fürs Leben gefunden hatte.

Seit einiger Zeit plagten sie manchmal Albträume. Wild gestikulierend wachte sie dann neben Roy auf. `Ach, ich habe von

Müll geträumt, Roy`, sagte sie dann. Roy tippte sich nur an den Kopf und damit war die Sache erledigt. Für ihn.

Letztes Jahr ergab sich wieder ein Entsorgungsproblem. Mandy war sich nicht sicher, wer den Mist angerichtet hatte, Roy, Ritchie, oder war da sonst noch jemand in dieser Zeit? Dieses Mal war es jedoch irgendwie anders. Manchmal muss man einfach ein Auge zudrücken, dachte sie. Der Unrat muss ja auch nicht sofort weg, ist ja noch frisch. Im anstehenden Urlaub wollte sie es überdenken.

Auf der Fahrt zum Campingplatz in der Lüneburger Heide traf sie ihren Entschluss. Wenn der Kram ihrem Mann zuzuordnen sei, dann würde sie drüber stehen, man könnte so was ja vielleicht auch noch mal gut gebrauchen. Sie wollte sich nur absolut sicher sein und das konnte sie leider nicht. Nicht, dass sie größere Zweifel plagten, Nein, aber ein Restzweifel blieb doch erhalten.

Abends ging Roy in die Camperstube, um sein Nachtbier zu trinken und eine Grillwurst zu essen. Mandy wollte nicht mitkommen. Sie hatte am Nachmittag im hinteren Teil des Wohnmobils ein paar Vorbereitungen getroffen. ´Geh du nur`, sagte sie, `Ich will ein bisschen aufräumen und muss noch Dinge entsorgen`. Roy ging.

In der Routine ihrer Gewohnheit erledigte sie, was zu erledigen war. Es war fast dunkel draußen und so brauchte der Müll nicht in der Tiefkühltruhe zwischengelagert zu werden.Mandy verließ das Wohnmobil und machte sich auf den Weg zur Entsorgungsstation, wo sie ein schmuddeliges Paket in eine der grünen Tonnen warf. Sie kehrte zurück und legte sich ins Bett. Kurz darauf kam Roy nach Hause. Mandy stellte sich schlafend, um nicht in ihren Gedanken gestört zu werden.

Am frühen Morgen gegen drei Uhr weckte sie der Albtraum. Sie hatte geträumt, dass Roy seinen Müll zurück haben wollte.

`Ich habe ihn nicht mehr`, sagte sie im Traum zu ihm.

`Ich bestehe auf mein Eigentum` erwiderte er.

Mandy stand auf und verließ leise das Wohnmobil, um ihren Mann nicht zu wecken. Sie ging zur Entsorgungsstation und nahm das Knäuel Papier aus der Tonne. Sorgfältig wickelte sie den Unrat auseinander.

`Es war ein Mädchen`, Roy, sagte sie lautlos zu sich selbst. Die leisen Schritte hinter sich hatte sie nicht gehört.

Roy B. wurde wegen Mordes zu lebenslänglicher Haft verurteilt. In der Zeitung stand, er hätte seine Frau und das Neugeborene auf einem Campingplatz bestialisch ermordet und dann in einem Abfallcontainer mit dem grünen Punkt entsorgen wollen.

Unter Chiffre

Manchmal wird mir ganz anders, wenn ich lese, in was für einem Umfeld sich Menschen so aufhalten. Zugegeben, ich war noch nicht bei vielen Leuten zu Gast, konnte mich also nicht persönlich davon überzeugen, wie Lebewesen mit den Dingen, die sie umgeben, leben. Als aufmerksamer Mensch brauche ich auch niemanden in seinem Haus oder seiner Wohnung zu besuchen, um zu ergründen, wie er lebt oder was er so macht. Sie sollen nicht meinen, wir Außenseiter seien so naiv, nicht genauestens darüber informiert zu sein, wie es abgeht im privaten Umfeld der meisten Leute da draußen.

Die wenigsten wissen, dass man sich sehr gut die Wahrheit aus den Informationen erstellen kann, die von Menschen in den Zeitungen über 'Chiffre' - Anzeigen mitgeteilt werden. So orientiere ich mich immer samstags mithilfe der Tageszeitung. Ich muss zugeben, dass es nahezu unmöglich ist, zu ergründen, in welchen Bezirken ein Betreffender wohnt, der sich über den Anzeigenteil outet. Nach langer Recherche gehe ich jedoch davon aus, dass es sich um eine bestimmte Gruppe von Menschen handeln muss, die mir mitteilen möchten, wie sie leben, was für Taten sie vertuschen möchten, oder welche Rätsel sie mir zum Lösen chiffrieren. Meistens ist es jeden Samstag jemand anders, der inseriert. Somit gehe ich von ca. 50 Menschen pro Jahr in unserer Stadt aus, die auf diesem Weg etwas mitzuteilen haben. Dies deckt sich in etwa auch mit den Erfahrungen meiner zwei Freunde hier in der Abteilung, die sich ebenfalls dieser Recherche verschrieben haben.

Für uns ist es sehr wichtig, ein repräsentatives Bild der Menschen einer Stadt zu erstellen. Nur so können wir den Anderen mitteilen, wie gelebt wird. Leider jedoch schenkt man uns kein Gehör – noch nicht!

Als ich in diese Abteilung kam, hatte niemand die chiffrierten Mitteilungen verstanden. Anfangs hat man mir keine Tageszeitung mehr gegeben. Es war eine harte Zeit für mich, nicht zu wissen, was draußen abgeht. Nach ein paar Wochen haben sie mir dann zumindest samstags wieder eine Zeitung auf mein Zimmer gelegt. Ich bin hierhergekommen, da ich aufmerksamer war, als die Anderen. Ich habe den Menschen auf ihre Chiffre Anzeigen geantwortet. Manchmal habe ich samstags bis spät in die Nacht daran gearbeitet und die Post erst früh am Sonntagmorgen in den Kasten geworfen. Ich hatte den Leuten geschrieben, was sie machen könnten, um ihr Problem zu lösen, ihnen mitgeteilt, wie sie wieder glücklich werden können, ihnen aber auch gedroht, wo es mir wegen der Gerechtigkeit oder Wahrheit unausweichlich erschien.

Sehr systematisch ging ich manchmal vor, wenn die chiffrierte Nachricht ein Eingreifen dringendst erforderlich machte, ich aber wusste, dass ein Schreiben mit dem entsprechend energischen Hinweis zu nichts führen würde. Diese Announcen erkennt man leicht daran, dass sie nach einem Zeitraum von ein paar Tagen erneut in der Zeitung veröffentlicht werden. In diesen Fällen schrieb ich auf die Anzeige mit dem Hinweis, ich hätte starkes Interesse und bitte um die Anschrift, um mir das inserierte Objekt gern persönlich ansehen zu können. Häufig gab es dann vor Ort Streit mit dem Verfasser der Chiffre Anzeige, der partout nicht einsehen wollte, welches Unrecht er da beging bzw. bereits begangen hatte. Manchmal riefen diese Leute dann auch die Polizei. Um es kurz zu machen: Nach einem guten Dutzend solcher Vorfälle hat die Polizei mich dann einfach mitgenommen und mir erklärt, ich würde mich nicht benehmen und man müsse mich für eine Zeit aus der Öffentlichkeit entfernen.

Jetzt, mitten in der Sommerferienzeit, ist es recht dürftig, was mir mitgeteilt wird. Ich habe die Tageszeitung vom 31.Juli vor mir und stelle mir die gedruckte, an mich gerichtete Botschaft aus den verschiedenen Sparten übersichtlich zusammen. Die Dechiffrierung dieser Liste ist ganz einfach. Es ist ja auch nur ein Beispiel, um Ihnen zu erklären, wie es funktioniert:

1. *Su. die 2 Frauen, die mir am 27.07. gegen 15:30 Uhr beim Bäcker im Kaufhaus… geholfen haben, als ich auf einem Blumenkohlblatt ausgerutscht bin. Chiffre Nr. …*

> **Es handelt sich hier eindeutig um eine Frau. Am 27.07. betritt sie eine Bäckerei, um ihrem Mann sein Lieblingsbrot zu kaufen. Sie braucht das Brot, um es zu vergiften. Doch etwas nervös mit diesem Gedanken will sie das Geschäft hektisch verlassen, rutscht jedoch auf dem besagten Blumenkohlblatt aus. Nun möchte sie sich bedanken.**

2. *Danke, ich möchte mich bedanken, bei der Dame die mich am 29.07. aus dem Maisfeld geschleppt hat. Chiffre Nr. …*

> **Bereits am 28.07. isst ihr Mann das vergiftete Brot und verstirbt am späten Abend. Am Morgen des 29.07. macht sie sich auf den Weg zu ihrem Hausarzt, um ihn zu bitten, nach ihrem Mann zu schauen. Verständlicherweise fährt sie zu schnell. Die Straßen sind rutschig und sie landet in einem Maisfeld.**

3. *MAZDA 323, gepflegt von Rentner, 17.600 KM, Bj 2009, Garagenwagen, 2200 €, Chiffre Nr. ...*

Nur ein paar Tage später soll der Wagen ihres Mannes verkauft werden. Sie mochte dieses Fabrikat noch nie. Sie bietet ihn weit unter Preis an, um ihn loszuwerden.

4. Walmdachbungalow, Ortsrand, Bj 1968, von privat, 147.800 €, Chiffre Nr. ...

   Bloß weg mit dem Haus, denkt sie, bevor die Polizei noch irgendwelche verfänglichen Spuren findet.

5. Altenwohnung, ca. 65 m², ruhig und separat zu mieten gesucht, Stadtnah, Chiffre Nr. ...

   Am besten geht sie in eine Altenwohnung mit ihren 65 Jahren. Die angegebene m² Zahl entspricht bei Chiffreanzeigen in der Regel dem Alter des Inserenten, zumindest bei den Damen.

6. Wellness und Entspannungsmassage, intim, Chiffre Nr. ...

   Die Rente ihres verstorbenen Mannes reicht nicht. In ihrem Alter kann sie nicht mehr 8 Stunden täglich arbeiten. Mit diesem Angebot kommt sie finanziell gut über die Runden und braucht nicht mehr als zwei Stunden täglich für gutes Geld zu arbeiten.

7. Möchte meine Freizeit gern zu zweit verbringen, Chiffre Nr. ....

Sie sucht einen Freund. Insbesondere durch den Verkauf des Mazda 323 braucht sie diesen, um mobil zu sein.

8. Wer verschenkt Gefriertruhe? Chiffre Nr. ...

Clever, wie sie ist, weiß sie, dass sie einen zweiten toten Mann nicht melden könnte, so es denn mit ihrem neuen Freund doch nicht so wie geplant laufen würde. Irgendwo müsste er ja hin.

An sich wollte ich Ihnen ja nur ein Beispiel geben, aber jetzt, wo ich die Wahrheit preisgegeben habe, stellt sich für mich natürlich einmal mehr die Frage, ob es nicht besser sei, die Polizei über diesen Mord zu informieren. Besser wäre es aber, wenn ich selbst die Frau anschreibe, um dann bei einem Besuch bei ihr vernünftig an diese zu appellieren, sich freiwillig zu stellen. Leider komme ich hier jetzt aber nicht raus, um das zu erledigen.

Ich weiß, wie ich mich einrichten muss, um nach der Entlassung aus der geschlossenen Abteilung der Psychiatrie zu leben, um von der Gesellschaft anerkannt zu werden. Dieses Mal werde ich mich benehmen, die Dinge annehmen, wie sie sind. Ich werde mich einrichten wie die Welt draußen und nicht mehr auffallen. Ich will auch inserieren, unter Chiffre natürlich. Den wirklich Wissenden wie ich ist bewusst, um was es hier geht. Ich habe einige Ideen, was zu inserieren wäre, so es denn gut vorbereitet wird. Der Wahrheit sollte es ja schon entsprechen!

Sonnenfinsternis

Wie gebannt lugt die Sonne über den Horizont auf das Land, um den neuen Tag zu erhellen. Ein leichter Wind schwingt sich auf, um die sandige Oberfläche langsam abzutragen und die Tränen eines Kindes zu trocknen. Trotz der Tränen beginnt ein ungebrauchter Tag, sich schön zu machen.

Ein kleines Mädchen sitzt in einer Kuhle, in der es am Vorabend Schutz vor der Kälte der Nacht gesucht hatte. Es hat nicht mehr die Kraft, sich zu erheben, um der Spur des Windes zu folgen. Ihr aufgedunsener Bauch schmerzt wie die Sonne des Mittags, wenn diese im Zenit am Horizont auf die von Bäumen entsorgte Oberfläche des Sandes herabfällt.

Das Kind ergibt sich seinem Schicksal in dem Bewusstsein, das Ende einer Reise erreicht zu haben. Heute ist ihr neunter Geburtstag, den sie allein verbringen muss, da die Mutter bereits vor einigen Kilometer in einer dieser Sandsenken verblieb.

Sie kennt den Geruch des Todes und weiß, wie sich der letzte Hauch auf der Haut anfühlt, so er denn einmal entschieden hat, zu bleiben. Die Furchtsamkeit, wie sie es beim vergehen der Mutter erlebt hat, weicht der Erkenntnis des Unausweichlichen.

Der Hauch, der über den Staub gleitet, weht ein paar Seiten der `Welt Finanz Zeitung` in ihre Sandgruft. Vor ein paar Jahren, als die Mutter noch in der Lage war, ein paar Maiskolben gegen den täglichen Hunger zu kochen, hatte das Mädchen lesen gelernt. So erlaubt sie ihren trüben Augen jetzt, noch einen letzten Blick auf die Welt zu werfen:

°°°° *in New York versteigert ein Auktionshaus einen alten Diamanten für 17 Million Dollar* °°°° *ein Dessous Hersteller bezahlt einem Modell 500 tausend Dollar für das Tragen der neuen Unterwäschekollektion* °°°° *bei einem Wettessen hat in Japan ein Mann innerhalb von neun Minuten fünf Kilogramm*

Hamburger gegessen °°°° in Italien wurde gerade die gesamte Apfelsinenernte vernichtet, da die Genossenschaften nicht den gewünschten Preis erzielen konnten °°°° in Deutschland wird kaum noch Getreide angebaut, da die Europäischen Gemeinschaft den Anbau von Genmais zur Kraftstofferzeugung stark subventioniert °°°° in Frankreich hat ein Hund zwei Millionen EURO vererbt bekommen, damit man ihm täglich ein frisches Filetsteak servieren kann °°°° im Amazonasgebiet roden die Brasilianer Tausende Bäume, um eine Fußballarena für 43.000 Menschen zu errichten °°°° wegen hoher Gewinne bei Wetten auf weltweit höhere Getreidepreise erhalten englische Investmentbanker extrem hohe Boni.

Als der Nachmittag sich zeigt, sind die Augen der Kleinen geschlossen und nur ihr flacher Atem streicht noch über den Rand der Senke. Die Kraft des Atems geht am frühen Abend über in den lautlosen Schatten der Nacht.

Wer stirbt, hängt am Leben, da er den Verlust der anderen nicht ertragen möchte. Sie hat keinen `Anderen` denn die Welt, in die sie falsch geboren wurde, zeigt kein Interesse an ihr. Sie stirbt den Tod langsam, und wenn nicht der unerträgliche Durst wäre, könnte sie sich dem Hungertod beugen.

Die `Welt Finanz Zeitung` weht aus der Senke heraus und einem neuem Kind entgegen. Dann wird schon morgen früh alles Verrückte dieser Welt von anderen weit aufgerissenen Kinderaugen zu sehen sein, wenn es auf der letzten Seite liest, dass im November 50.000 Menschen aus aller Welt nach Australien gereist sind, nur um die Sonnenfinsternis zu beobachten. Vielleicht wird es erträglicher, wenn das Kind nicht lesen kann.

Afrika – aus Spanischer Sicht
Manchmal kann man Afrika sehn,
Bei guter Sicht, von Spanien aus,
Manchmal kann man Afrika nicht sehn,
Bei schlechter Sicht, von Spanien aus?
Man kann sich Afrika denken, wenn man es bereits gesehen hat.
Ob die Afrikaner auch so denken?
Von Afrika aus?
Oder ist ihnen gute oder schlechte Sicht gleichgültig?
Nur eine Sichtweise, was Afrika von Spanien denkt?

Einfache Fahrt

Mit einem lautem Klick bewegt sich der Zeiger der großen Uhr vorwärts. Ein `Zurück` ist ihm unbekannt, auch, wenn er scheinbar jeden Morgen bei meiner Ankunft auf dem Bahnhof aufs Neue und fast minutengleich an der gleichen Stelle sein Tagwerk beginnt. Er wird sein gesamtes Sein dazu nutzen, Zeit zu vernichten, aber doch in der glücklichen Lage sein, nur wenige Male, wenn überhaupt, auf der Stelle zu verharren oder gar rückwärts zu schreiten. Der Lauf der Zeit ist keine Freiwilligkeit, sondern wird durch eine Energie bestimmt, deren Stärke und Verfügbarkeit außerhalb der Kompetenz der Zeiger liegt.

Ich komme jeden Morgen auf den Bahnhof, der nur ein Gleis hat und dessen ausgehängter Fahrplan nur die Abfahrt kennt. Ein Zug pro Tag zur gleichen Zeit, Sommer wie Winter und ohne die Toleranz der Rücksichtnahme auf seine Fahrgäste. Später fahren, als gewünscht und Ruhetage sind nicht vorgesehen. Es gibt nur diesen einen Zug, der keine Platzreservierung erlaubt.

Manchmal kommen viele Fahrgäste, manchmal weniger. Der Großteil der Menschen, die diesen Zug nehmen, ist älter, aber manchmal kommen auch die ganz jungen, um ihren Platz einzunehmen. Ich beobachte, wie sie schweigend einsteigen, sich manchmal widerwillig in ihrem Ausdruck zu wehren scheinen, was sich als zwecklos erweist. Worte werden nicht gewechselt, was der angetretenen Reise die Symbolik eines Trauerzuges der friedlichen Gesichter verleiht. Aber wer verabschiedet sich schon freiwillig mit Freude, es sei denn, es ist die Flucht einer Seele vor sich selbst und somit entsprechend bewusst vorbereitet.

Manchmal, aber ganz selten, hatte ich die Sehnsucht, ebenfalls einzusteigen, um zu ergründen, wohin diese Reise geht. Meine Schritte führten mich jedoch niemals bis an die Stufen der Zugtür sondern daran vorbei, um dann nur die Waggons abzuschreiten. Meinen Füßen war es nicht erlaubt, die Kraft zum Erklimmen der Stufen in einen der Wagen aufzubringen.

Niemand ist zur Verabschiedung der Fahrgäste erschienen und meine zaghaften Fragen nach der Einsamkeit werden nur mit einem ausdruckslosen Blick ihrerseits erwidert. Ein Blick, der auch sagen könnte ` Du wirst erfahren, weshalb eine Reise allein angetreten werden muss`.

Ich empfinde es als seltsam, dass jeder Fahrgast seinen Weg, ohne sich umzuschauen, allein geht. Sie nehmen ihre Plätze ein, ohne sich um ihren Nachbarn zu kümmern. Es sind Einraumabteile ohne Gepäckablage, die ohnehin nicht benötigt wird, da niemand mit Gepäck reist.

Jeden Morgen fährt er ab, der Zug ohne erkennbaren Zugführer. Jeden Morgen schaue ich ihm hinterher, wie er lautlos seinen Weg auf dem einen Gleis hinaus aus dem Bahnhof nimmt.

Ich schaue ihm nach und versuche sein Ziel zu ergründen, was mir nicht gelingt, aber mit jedem Vorschreiten des Zeigers der Bahnhofsuhr bewusster erahne.

Die Frage nach der Wiederkehr der Fahrgäste bleibt mir verborgen. Ich habe versucht zu erfahren, wann die Reisenden zurückkommen, aber es bleibt mir verwehrt. Ich habe gewartet, bis die Zeiger der Bahnhofsuhr wieder dort ankamen, wo ich sie am Morgen besucht hatte und dann noch mal gewartet, bis sie ein zweites Mal dort ankamen. Nur der Zug kam zurück, die Fahrgäste nicht.

Eines Tages werde ich selbst einsteigen in den Zug der friedlichen Gesichter. Vielleicht werde ich dann froh sein, etwas hinter mir lassen zu dürfen, vielleicht wäre ich aber gern später gereist. Meine Wünsche nach dem Zeitpunkt des Antritts der Reise werde ich nicht selbst bestimmen können, das entscheidet nur der Zugführer.

Mausetot

„Die sind Mausetod", sagt Dirk Weise. Er hofft zumindest auf eine kleine Reaktion der beiden Männer, die auf zwei Klappstühlen vor ihm sitzen. Doch von diesen kommt keine Antwort, nicht einmal eine Änderung in der Mimik, die er hätte deuten können. „Dirk Weise", denken sie, „Dirk Weise, Kriminalkommissar a.D. aus dem Nachbarort Schwerinsdorf. Der hat uns hier gerade noch gefehlt. Der Typ schleicht seit seiner Pensionierung scheinbar überall in der Gegend rum". Nun steht er hier vor uns und stellt unangenehme Fragen.

Dirk mustert die beiden näher. Ihre Messer, von denen jeder sein eigenes trägt, die stoffbespannten Klappstühle, Tarnkleidung, die Hüte tief in das Gesicht gezogen, alles deutet darauf hin, dass diese ihr Handwerk verstehen. Profis eben. Einer der beiden lässt die Zigarette schief aus dem linken Mundwinkel hängen. Neben ihm liegt ein kleiner blutverschmierter Lappen, arglos hingeworfen und doch so in der Nähe des rauchenden Mannes, als solle er nicht sofort entdeckt werden.

Die beiden waren bereits gestern kurz vor Mitternacht hierher gekommen. Stundenlang hatten sie auf ihre Opfer gewartet, ständig auf dem Sprung, wachsam und in Absprache, dass einer von Ihnen hellwach zu bleiben hätte, sollte der andere kurz einnicken. Der gegen Morgen einsetzende Nieselregen hatte ihnen beiden in den wasserdichten Tarnanzügen nichts anhaben können. Dann, kurz nach dem Sonnenaufgang, zeigte sich das, worauf sie sich seit Wochen vorbereitet hatten. Es war nur ein kurzer Augenblick, ein winziges Zeitfenster, dass ihnen gewährt wurde, um die Tat umzusetzen. Wenige, präzise ausgeführte Handgriffe hatten genügt, um den Tod zu bringen.

„Ich bin Dirk Weise", sagt der Kommissar a.D. und: „ Wer seit ihr?" Die beiden Männer drehen sich zu ihm und schauen an ihm hoch. „Wir wissen, wer du bist", murmeln sie. „Du bist Weise, der ex-Bulle aus Schwerinsdorf". Mehr wollen sie nicht sagen. Sie sehen nicht ein, weshalb sie sich legimentieren sollen. Obwohl, denken sie sich, was stört es, die Namen anzugeben, so denn nicht mehr Fragen kommen. „Ubbo", sagt der links sitzende. „Habbo", kommt vom rechten Stuhl. Weise spürt, dass sie lügen.

Mit der aufkommenden Mittagswärme verstärken sich die Fliegenschwärme, die in allen Farben schillernd keine zwei Meter entfernt von Ubbo und Habbo versuchen, sich über etwas nicht näher definierbares herzumachen, was von einer weißen Plastikplane geschickt verdeckt wird. „Es sind Aasfliegen", denkt sich Dirk. Wenn das so weiter geht, wird die zunehmende Hitze Verwesungsgeruch aufkommen lassen und immer mehr dieser Leichenfledderer anlocken.

Weise weiß, dass so etwas sehr unangenehm werden kann. Aber darum geht es hier nicht. Er spürt, dass er äußerst behutsam vorgehen muss, um mehr von den beiden auf ihren Stühlen zu erfahren. Mit direkten Fragen und forschem Vorgehen wird man bei denen kein Glück haben. Ihm ist bewusst, dass seine Fragen nicht in ein Verhör ausarten dürfen, sonst wird er auf Granit beißen.

Ubbo und Habbo beschleicht irgendwie ein ungutes Gefühl. Für Polizisten hatten sie noch nie etwas übrig gehabt, ein Kindheitstrauma sozusagen. Und jetzt noch einen von diesen direkt bei ihnen zum schnüffeln, in einer Situation, wo sie ihn gar nicht gebrauchen können. Ihre Ruhe wollten sie haben, ungestört ihrer Sache nachgehen. Zuschauer braucht man dazu wirklich nicht. Gerade ihre Sache ist so vom Erfolg abhängig, wie kaum eine zweite Tätigkeit dieser Art. Misserfolg spricht sich schnell rum und dann hat man seinen Ruf weg. Zeugen sind da das Letzte, was man gebrauchen kann. Auf der anderen Seite kann ein bisschen Kommunikation nicht schaden. Man muss eben nur vorsichtig sein mit dem, was man sagt. Na ja, bisher wurden seine Fragen ja beantwortet, er weiß, wie man heißt und mehr wollte er bisher auch nicht.

„Erfolgreiche Nacht gewesen?" beginnt der Kommissar aufs Neue.

„Nee, bisher hier fast nur so rumgesessen" kommt von den Stühlen zurück.

„Irgendwas, was ich mir ansehen sollte?" bohrt Weise geschickt weiter.

„Ich glaube nicht, dass Sie das interessiert" entgegnet Habbo freundlich betont. In seiner Stimme schwingt eine gewisse Nervosität mit. Ubbo schaut ihn vorsichtig von der Seite an, so, als ob er sagen wolle „Gib nicht zu viel preis". Die beiden kennen sich lange und jeder weiß, was genau in dem anderen gerade vor sich geht. Die jeweils gleichen Szenarien spielen sich in ihren Köpfen ab, wenn es, wie in diesem Fall, mal wieder eng wird mit der Wahrheit. Klappe halten, übertreiben, sich einem anderen Thema zuwenden oder den für sie schmerzlichsten Weg gehen: die Wahrheit. Sie entscheiden sich für den Schritt der schonungslosen Offenheit in dieser auswegslosen Situation.

„Kommen sie mit, Dirk Weise, ich werde ihnen etwas zeigen müssen. Sie sind ja ohnehin schon so nahe dran und wir glauben nicht, dass man ihnen etwas verheimlichen kann. Es ist, wie es ist und wir geben uns geschlagen", sagt Ubbo. Habbo nickt mit leicht nach vorn gebeugten Oberkörper, der die ganze Hilflosigkeit der Situation noch verstärkt.

Der Kommissar und Ubbo machen sich auf den Weg zur weißen Abdeckfolie. Weise ahnt, was in den beiden Männern in diesem Moment vor sich geht. Zu oft in seinen 45 Dienstjahren hat er Verlierern in die Augen blicken müssen. Er kennt die Körperhaltung eines Mannes zu genau, wenn dieser erkannt hat, dass es gewisse Dinge im Leben gibt, die unabänderlich sind. Es gibt Männer, die heulen sogar dabei.

Vorsichtig schlägt Ubbo die weiße Folie zurück.

Ex-Kommissar Weises Blick fällt auf die längliche Plastikwanne darunter. „Sie sind mausetot. Weshalb nur zwei?", denkt er sich, „und dann noch so kleine Forellen"?

Manche haben einfach nur Pech. In Schwerinsdorf hat er nie etwas darüber verlauten lassen.

Der eine Millionen EURO deal

"Sehr geehrter Herr R.,

Bitte missverstehen Sie diesen Brief nicht, aber ich habe mich unsterblich in Ihre Frau verliebt. Noch habe ich mit ihr nicht darüber gesprochen, da ich es für fairer erachte, die Angelegenheit direkt mit Ihnen von Mann zu Mann zu klären. Ich will Ihnen gegenüber offen sein: Über mehrere Tage hinweg beobachtete ich Ihre Frau beim Erledigen der Einkäufe. Ihre Anmut, wie sie sich dann auf ihr Elektrofahrrad schwang, um diese dann nach Hause zu bringen, hat mich tief bewegt. Sie ist eine schöne Frau, die sich, wie ich durch die Fenster Ihres Hauses beobachten konnte, sehr wohl der Wichtigkeit eines sauberen Heims und der Fürsorge für die Familie bewusst ist. Ohne es selbst probiert zu haben, scheinen die von ihr zubereiteten Mahlzeiten sehr zu schmecken. Kurzum und um nicht weiter den möglichen Kauferfolg zu verschlechtern, biete ich Ihnen eine Million EURO für das Überlassen ihrer Frau an mich. Sie können das Geld sofort und in bar erhalten. Wichtig ist mir, nur zu Ihrer Sicherheit lieber Herr R., dass wir einen Vertrag zeichnen, der jegliches Rückgaberecht, Garantie oder Gewährleistung ausschließt. Ich glaube ja nicht, dass Ihre Frau irgendwelche Krankheiten hat, die Sie mir verheimlichen, sodass sie ihr statistisches Lebensalter durchaus erreichen dürfte. Somit dürfen Sie dann sicher sein, dass Sie über die eine Million EURO frei verfügen können, ohne eventuellen Regress befürchten zu müssen".
Ihr sehr ergebener Hendrik van Koopen.
Enrico Ramaker konnte gar nicht so schnell denken, wie er den gellenden Ruf 'JA' ausstieß. Das Leben bietet wenige Chancen und diese war eine der ganz wenigen, wie er sofort mit der ihm eigenen und bekannten zügigen Auffassungsgabe feststellte. Gut, es ist ja nun nicht so, dass er Roswitha nicht

lieben würde, aber sie ist jetzt ja auch bereits 40 Jahre alt und er kann nicht verleugnen, sich hier und da schon mal einen Blick nach Frischfleisch gegönnt zu haben. Dazu ist er zu sehr Mann, ein richtiger und kerniger dazu und Eindruck hinterlassend auf jede Frau, wie er von sich selbst gern behauptet.

Mit der einem Mann angeborenen Vorsicht und Weitsicht dauerte es allerdings nur einen kurzen Augenblick, bis Enrico Ramaker anfing nachzudenken. Dieser Brief wurde ja bestimmt von einem Geschäftsmann geschrieben, denn wer sonst sollte sich eine Haus-, Putz- und Kochhilfe für diese Summe zulegen?

Da der Fremde Roswitha nicht kannte, musste er sie doch so sehen, wie er sie beobachtet hatte, und würde strikt nach den theoretischen Eigenschaften beurteilen. Oder kannte van Koopen sie näher? Enrico Ramaker beschlich ein ungutes Gefühl… .

Gut, grobe Fahrlässigkeit meinerseits hat er nicht zu befürchten, sodass der Vertrag seinerseits wohl eher nicht widerrufen werden könnte. Gekauft, wie besehen, wie es so schön heißt.

Ihm kamen jedoch erste Zweifel. „Wo ist der Haken? Will man mich über den Tisch ziehen? Handelt es sich gar um Falschgeld, so wäre es doch zu wenig als Tausch gegen Roswitha".

Präzise Überlegung war angesagt. Eine Bilanz der Passiva und Aktiva, eine Tabelle der Vor – und Nachteile, ein Art Wahrscheinlichkeitsrechnung. Gut, das Zwischenmenschliche kann man nicht in Währung ausdrücken, aber bei einer Million EURO lohnt es sich doch schon, der Liebe und den Gefühlen eine auf Zahlen basierende Wertigkeit zuzuordnen. Enrico R. fing an, basierend auf Roswithas angenommener Lebenserwartung von weiteren, 40 Jahren, also noch 480 Monate Beziehung zu berechnen, wie teuer ihm das Leben ohne seine Frau kommen könnte:

35.000 €   für Gefühle und Liebe
50.000 €   Ausgaben für die Suche nach einer neuen Frau

192.000 €	Mehrausgaben von 400 € monatlich durch Restaurantbesuche
216.000 €	Putzfrau –mindestens 450 € im Monat
28.000 €	Bügeln und waschen der Wäsche in der Reinigung
320.000 €	Rotlichtmileu
96.000 €	Gärtnerarbeiten
97.000 €	Erledigungen, Telefonate, Hundesitter, Aufräumarbeiten, etc.
100.000 €	Unvorhersehbares
1.134.000 €	Gesamt

Viel Überlegung zur Vertragsgestaltung bedurfte es nach dieser Rechnung nicht! Wusste er doch sofort, dass die andere Seite versucht, ihn über den Tisch zu ziehen. Henrik van Koopen hatte genauestens kalkuliert!
„Noch ist der Vertrag nicht unterschrieben", wetterte er vor sich hin. Oh Mann, wäre ich nicht so klug, hätte es fürchterlich in die Hose gehen können! Kurz und bündig formulierte Enrico R. seine Antwort:
„Sehr geehrter Herr van Koopen,
Bitte stellen Sie sich vor einen anderen Supermarkt und suchen sich dort eine Frau zum Kauf! Meine Frau Roswitha gebe ich nicht her, zumindest nicht für diesen Preis!
Ihr ebenfalls ergebener Enrico Ramaker".

An alle Männer dieser Welt: Immer erst völlig aufwachen, bevor für diese Zwecke eine Million EURO über den Tisch geht! Überlegt Euch unbedingt, welchen Wert Ihr für Liebe und Gefühle ansetzt! Die Rechnung könnte sonst durchaus fürchterlich aussehen – auch ohne dass jemand bereit ist, Euch dafür eine Million zu geben! Und kauft Euren Frauen dann und wann mal was Schönes, dann haben andere Männer keine Chance, soviel über sie zu erahnen!

Von draus vom Walde komm ich her

'Von draus vom Walde komm ich her. Ich muss euch aber sagen, ich will nicht mehr`

Um es gleich vorwegzunehmen: So, wie ihr es euch einbildet, geht es nicht. Wie soll ich wohl an 25 verschiedenen Orten gleichzeitig zu Hause sein, nur ein einziges Rentier mein eigen nennen und mit einem alten Knecht jahrhundertelang zusammenwohnen?

Seht ihr, bei dieser Aufzählung muss euch doch bereits klar werden, dass die Dinge so nicht sein können. Deshalb werde ich sie mal gerade rücken und mit der Lügerei aufhören. Erzählt es aber bloß nicht euren Kindern und somit versteckt diese Geschichte bitte bis zu deren Volljährigkeit.

Also dass mit dem Knecht stimmt so, er heißt Ruprecht. Mit dem Rentier, genannt Rudolph, hat es auch seine Richtigkeit. Die Amis sagen, ich hätte zwölf Stück davon, aber wer kann sich so etwas denn leisten? Vor allem lenke die mal bei Glatteis, da ist **ein** Rentier schon kaum zu beherrschen.

Ich wohne mit beiden zusammen, aber Rudolph bekommt längst sein Gnadenbrot und Ruprecht kann ich nicht einmal mehr zum Milch holen schicken. Er ist einfach zu alt und tüdelig geworden. Ihr nennt es glaube ich Demenz. Gemerkt habe ich es im Advent letzten Jahres, als er mithalf, die Geschenke zu packen – die Barbie für den kleinen Nils, das Ferrari Modell sollte Claudia geschenkt werden. Gott sei Dank hatte ich es noch rechtzeitig umgepackt. Obwohl, weshalb sollen Frauen keinen Ferrari mögen? Claudia kann ihn ja Nils geben und Nils ihr die dafür die Barbie. Aber damit geht das Elend bereits los. Wer will noch wen beschenken? Es ist heutzutage zunehmend angesagt, zwei Dinge zu haben und der Andere hat eben nichts.

Ich sehe natürlich so aus, wie ihr es erwartet: Knollennase, Vollbart in Weiß, kleiner lustiger netter Opa mit roten Bäckchen, wie ihr es auf den Glühweinetiketten der Weihnachtsmärkte seht. Nur durch Schornsteine zwänge ich mich schon lange nicht mehr. Die sind den dünnen Rohren der Brennwertheizung gewichen und da komme ich einfach nicht durch. Wer weiß, vielleicht stößt irgendwann mal eines dieser Magermodels der Pariser Laufstege zu meiner Truppe.

Die Finnen behaupten, mein Heim sei bei ihnen in Lappland. Alles Firlefanz kann ich euch sagen. Außerdem nennen mich diese Leute dort nicht Weihnachtsmann, sondern Nisse. Das kommt aus dem Dänischen vom Namen Niels für Nikolaus. Ein Positives hat es mit den Finnen jedoch, denn sie haben in Rovaniemi einen Santa Park gebaut. Ich bekomme einen an dieser Stelle wegen des Doppelbesteuerungsabkommens mit Finnland nicht näher zu nennenden Prozentsatz von den Einnahmen.

Na ja, soll jeder machen, was er will, sogar die Russen sind mir egal, wenn sie mich Deduschka Moros, also Väterchen Frost nennen.

Es gibt Dutzende Gedichte und Lieder über mich und meine Art zu leben. Auch alles erfunden. Das Einzige, was wirklich stimmt, ist, dass ich 1840 zusammen mit Hoffmann von Fallersleben in meinem Studio den Song `Morgen kommt der Weihnachtsmann` eingeübt habe. Er hat sich gut vermarktet und durch die Einnahmen über die GEMA konnte ich auch weiterhin die vielen Gaben für die Kinder der Welt kaufen. Wie weit es jedoch mit meinem Ansehen gekommen ist, erkennt ihr schon daran, dass dieses Lied in den USA bereits als X-mas Rap vermarktet wird. Ihr könnt mir glauben, es tut mir weh.

Verheiratet bin ich im Übrigen auch nicht. Ruprecht hat mir zwar im Laufe der Jahrhunderte immer mal wieder Weibsbilder angeschleppt, aber es war nie die Richtige dabei.

Angeblich haben mich die Russen häufiger mit einem kleinen Mädchen gesehen, die sie Ded Moros, die Schneeflocke, nennen. Das ist aber nicht meine Tochter, wie sie behaupten, sondern die Nichte von Ruprecht. Aber wen interessiert das nun wieder und überhaupt, ich würde den Russen nur ihre Illusionen zerstören, würde ich die Sache ins rechte Licht rücken.

Jedenfalls ist nichts mehr, wie es einst war. Die Holzwerkstatt ist seit Jahren geschlossen, da wir nicht mehr kostengünstig produzieren können. Die Heinzelmännchen sind längst zu Administratoren geworden, die jährlich Verträge mit den Chinesen zur Lieferung der verschiedenen Geschenke aushandeln. Wir haben Lizenzen zu befolgen und dürfen viele Gaben aus Urheberrechtsgründen nicht mehr `made by Christkindl` nennen.

Am schlimmsten ist es in Europa geworden. Wenn der sechsjährige Bub im bayrischen Wald am Heiligen Abend sein Paket mit der neuesten Ausgabe des Flugsimulators aufreißt, schaut Vati erst einmal nach, ob auf der Verpackung ein CE Zeichen ist. Sogar wenn dies gegeben ist, lugt noch der Verfassungsschutz durch das mit Eisblumen verzierte Fenster, da der Knabe den Flugzeugsimulator zu Übungszwecken gegen staatliche Macht verwenden könnte. Kurzum, ich habe mittlerweile sogar eine Liste der Gegenstände zu beachten, die unter Weihnachtsterrorismus fallen könnten.

Früher teilten mir die Kinder ihre zwei bis drei Wünsche auf einem handgeschriebenen Zettel mit. Vor einigen Jahren jedoch änderte sich diese Art der Anfrage nach Geschenken. Die Wünsche wurden zu elektronischen Wünschen. Da es sich nicht mehr um einige wenige, sondern ganze Wunschlisten handelte, verbrachte ich immer mehr Zeit am PC, um diesen gerecht zu werden. Die Werte änderten sich drastisch. Aus dem Apfel wurde der Apple und ich hatte Mühe, noch mit der Zeit mitzukommen. Schon lange reichen meine Budgets nicht mehr aus, die Wünsche zu erfüllen. Somit bin ich, wie ihr aus dieser Klage ersehen könnt, hoffnungslos überschuldet.

Einst verschenkte ich Träume – unverkäufliche Träume. Heute verschenke ich Trends, Gier und Gleichgültigkeit. Kinder spielen die Kriege dieser Welt auf ihren zu Weihnachten geschenkten Computerspielen nach. Die hungernden Afrikaner fallen den emotionslos durchgeführten Kreuzzügen der `copy und paste` Mentalität zum Opfer. Ein Knopfdruck und der Weizen wächst wieder – ohne Gedanken an die Realität. Was sie zu besitzen haben, diktiert die Industrie und was `IN` ist allein der Rhythmus der Zustimmung der Schulkameraden. Diese Inszenierung der Sinnlosigkeit widerstrebt meinen Gefühlen und erzeugt eine Weihnachtsdepression.

Manchmal sehe ich noch, was Weihnachten den Menschen bedeutet. Ich blicke durch die Fenster der Altenwohnheime und spüre die Sehnsucht nach der Geborgenheit. Hier ist das Geld knapp und der Kommerz somit unbekannt. Einzig der Kerzenschein erhellt das, wenn auch flackernde, Leben. Die Gesichter verraten die Weisheit zu wissen, dass man der Wahrheit näher kommt. Der Duft nach Nüssen, Lebkuchengewürz und die geschmückte Tanne mit ihrem Engelshaar und den alten Kugeln als Symbol des ewig schönen, geben einer Weihnachtsmanndemenz keinen Raum.

Hierhin, zu den Alten, ist der Weihnachtsmann in seiner ursprünglichen Bedeutung zurückgekehrt. Hier glaubt man wieder an mich und es bedeutet mir unglaublich viel, dies spüren zu dürfen.

Wie jedoch wäre die Welt heute, wenn noch **jeder** an mich glauben würde? Zumindest gäbe es einige Schokoladenfiguren nicht mehr auf der Welt. Dafür würde ich Sorge tragen! Schokoladenweihnachtsmänner sind für mich nämlich das Abartigste auf dem Globus. Schon aus Überzeugung könnte ich diese nicht essen. Wie würde es dir gehen, mein lieber Klaus, wenn du einem Schokoladenklausi den Kopf abhauen würdest, oder, meine geschätzte Brigitte, einer Schokobrigitte in den Rücken beißen müsstest? Würde es euch nicht auch bei diesen Gedanken gruseln?

Ich will euch aber nicht beunruhigen. Irgendwie geht doch alles weiter im Leben. Trinkt euren Glühwein, esst den Kartoffelsalat mit Würstchen, stopft die Pfeffernüsse rein und singt die Weihnachtslieder. Reißt die Geschenke auf, oder schaut zumindest den Kindern dabei zu. Vati blickt wohlwollend wie jedes Jahr, denn Mutter und er schenken sich ja schon seit langem nichts mehr. Wir haben ja alles und Mutti mag keinen Schmuck. Außerdem hat Vati ja auch gerade erst eine neue Modelleisenbahn gekauft und ein bisschen muss auf das Geld geachtet werden.

Beruhigt euer Gewissen mit einer wohltätigen Spende zur Adventszeit wie jedes Jahr und geht um Mitternacht mit Mama und den Kindern in die Kirche. Vielleicht trefft ihr ja auch Opa dort, ihr habt ihn ja schon lange nicht mehr gesehen.

Alles soll so bleiben wie es ist, nur ich nicht – ich will nicht mehr und weiß nicht, ob ich im nächsten Jahr wieder komme. Wobei es hängt natürlich auch ein bisschen von der wirtschaftlichen Lage ab. Und von einem möglichen Schuldenerlass für mich - ist ja heutzutage nicht mehr so ganz ungewöhnlich. Warum erfindet ihr denn Weihnachten nicht mal neu – eure Ideen wären bestimmt ein Geschenk für mich. Arbeitet dran, denn ich schaue euch zu! Ihr glaubt es nicht? Solltet ihr aber, denn ihr glaubt ja auch noch an den Weihnachtsmann.

Nie nach oben flüchten

Ich erinnere mich noch gut an meine erste Reise als Seemann mit dem Schiff nach Italien, so um 1969. Wir waren in der Bucht von Neapel vor Anker gegangen und es folgte das übliche Ritual mit dem italienischen Zoll. Der Kapitän machte auf seinen Aufenthalten in den italienischen Seehäfen immer gute Geschäfte mit dem Zoll und wir Decksjungen durften dann dutzende Zigaretten- und Whiskeykisten mit dem Bordkran auf den längsseits liegenden Zollkreuzer hieven. Nun ja, etwas Gutes hatte diese Aktion schon, durften wir doch, wenn Landgang angesagt war, unbehelligt durch die Zollbeamten, die Pier passieren und selbst auch noch ein paar Flaschen Schnaps an Land schmuggeln.

Jedenfalls war Landgang angesagt und Neapel versprach aufregendes. Matrose Kutting, ein richtiger Seemann, so wie man sich ihn vorstellt, durchtrainiert und nichts Gutes scheuend, hatte seine italienische Freundin an Bord empfangen. Bei Ankunft unseres Schiffes verschwanden beide in die Koje und erst nach drei Tagen, die Kutting regelmäßig als Urlaubstage nahm, kamen sie wieder aus der Kammer. Kutting sah dann ganz schön mitgenommen aus. Wie er uns Jungspunden dann immer berichtete, spielte er mit der grell geschminkten rothaarigen Dame Tag und Nacht Skat, was beide verständlicherweise sehr mitnahm.

Jedenfalls gingen wir zu dritt, alles Decksjungen, an Land. Und es gab viel zu sehen und zu hören, enge Gassen, Weibergeschrei und unbeschreibliche Düfte. So etwas kannten wir aus Ostfriesland oder Bayern nicht und so genossen wir jede Minute dieser schönen Nacht.

Wie es sich gehörte, zechten wir die Nacht durch. Vor dem Morgengrauen machten wir uns dann wieder auf den Weg zurück zum Schiff. Der Weg gestaltete sich recht beschwerlich, denn wir hatten nicht nur die Orientierung verloren, sondern dazu noch unseren Gleichgewichtssinn. Weitere Strapazen kamen hinzu. Während wir durch eine dieser kleinen neapolitanischen Gassen marschierten, ergoss sich plötzlich ein Schwall Wasser von oben. Der Verdacht, dass es angefangen hatte zu regnen, bestätigte sich leider nicht, da es zwei Meter entfernt dieser Stelle auf dem Lavastein des Bürgersteiges völlig trocken war. Nun ja, mein Blick nach oben gen Himmel verdunkelte sich trotz sternenklarer- und mondheller Nacht. Es war ein Stück Klopapier, welches mir quer über der Stirn hing. Des Weiteren roch es für Regen auch zu streng, wie ich im selben Augenblick bemerkte. Scheint Scheiße gewesen zu sein, dachte ich so vor mich hin, nunmehr auf einen Schlag nüchtern.

Denke ich heute daran zurück, glaube ich manchmal, das Scheiße von oben das beste Mittel gegen einen hohen Promillespiegel zu sein scheint, zumindest, wenn diese unverhofft von oben kommt. Aber so war es nun einmal in Italien damals und bis heute hege ich keinen Groll gegen diese Leute – es war eben italienisch. Vielleicht war es ja auch die Kinderkacke eines ängstlichen Jungen, der die Gemeinschaftstoilette auf dem Flur des 20-Familienhauses nachts vor Furcht nicht aufsuchen mochte und sich den bequemeren Weg mit dem Allerwertesten aus dem Fenster hängend gesucht hatte. Das konnte ich verstehen.

An eine Missetat durch Erwachsene dachte ich in meinem Alter noch nicht und, sollte ich heute doch zu der Erkenntnis kommen, würde es nur zu boshaften Gedanken über die Einwohner Neapels führen. Das liegt mir absolut fern. Ich sollte aber fairerweise darauf hinweisen, dass wir laut grölend durch die Gassen gezogen waren, als es mich erwischte. Jetzt im Alter finde ich vielleicht die Ruhe und Zeit, das Vorkommnis eingehen zu analysieren. Im Falle einer Erkenntnis werde ich wieder darüber berichten.

Wie anfangs erwähnt, war es mit der Orientierung in dieser Nacht nicht weit her. Nach längerer Suche nach dem Wegweiser, einem Leuchtturm, der jedoch mitten in der Stadt nicht auffindbar war, beschlossen wir, uns ein Taxi zu organisieren, um den Hafen ansteuern zu lassen.

Der Taxifahrer faselte dauernd etwas von 'Signorina' und erklärter in gebrochenem englischartigem Dialekt, dass er noch eine gute Kontaktadresse für uns hätte. Zum besseren Verständnis sei erwähnt, dass Kontaktadressen für Seeleute in fremden Häfen Gold wert waren. Wir versuchten ihm zu erklären, dass unsererseits keinerlei Interesse an seinen Adressen bestünde. Er schien es jedoch nicht zu begreifen oder begreifen zu wollen. Nach kurzer Fahrt hielt er in einer Straße mit vielen Wohnblocks an. Er öffnete das Handschuhfach und holte einen Packen Fotos hervor, die er uns nach hinten in den Wagen reichte. Die Fotos zeigten ein kleines Mädchen im Alter von vielleicht 6 - 7 Jahren. Dann erklärte er, dass es sich um seine Tochter handeln würde und für ein paar Lira, etc., etc... Uns wurde es jetzt zu dumm. Wir sagten 'Ja' und er stieg aus. Wir verließen das Auto ebenfalls und machten uns direkt aus dem Staub. Er hinter uns her, denn schließlich hatten wir ja noch nicht einmal die Fahrt bezahlt. Zwei Wohnblöcke weiter fanden wir die Eingangstür eines riesigen dunklen Wohnblocks unverschlossen vor. Wir rein in das Haus und die Holztreppen des Treppenhauses hoch. Soweit ich mich erinnere, waren es sechs oder sieben Stockwerke, bis wir das Dach des Wohnhauses erreichten. Völlig aus der Puste, aber gerettet – dachten wir, aber kurz darauf erschien der Taxifahrer auf dem Dach und fing aufs übelste an zu fluchen.

Es war mindestens das zweite Mal in dieser Nacht, dass ich 'Scheiße' sagte. Jedenfalls hatte jeder von uns dreien Angst, davon zwei fürchterliche Angst, um präziser zu berichten. Wo sollten wir dort oben noch hin? Wir, jeder von uns mit seinen 16 Lebensjahren, mitten in der Mafia Hochburg Neapel, einem hysterischen Taxifahrer auf dem Dach eines Hochhauses ohne nennenswerte Brüstung hilflos dem Tode geweiht, den Fahrpreis geprellt und dazu noch verweigert, eventuell Schwiegersohn zu werden. Insgesamt keine einfache Situation! Nun ja, die Sache ging noch glimpflich aus, auf dem Dach jedenfalls. Wir boten ihm den Rest des Geldes an, über das wir noch verfügten und er war so fair, es anzunehmen. Sodann ging es zu Fuß an Bord zurück.

Jedenfalls habe ich in dieser neapolitanischen Nacht eines gelernt: Niemals nach oben flüchten, es gibt dort keinen Ausweg mehr! Wenn man nach oben flüchtet, fehlt danach auch das Geld für ein Taxi! Vielleicht machte Matrose Kutting es doch richtig, sich drei Tage nicht mehr aus der Koje zu bewegen und Skat zu klopfen, zumindest in Neapel. In Rio soll es anders sein, habe ich gehört.

Johnny Salmonetti

Johnny Salmonetti hatte seinen Tagesrhytmus. Insbesondere während der frühen Morgen – und dämmerigen Abendstunden lungerte er an immer an denselben Orten rum, nahm seinen Snack und eilte dann schnell wieder in eine andere Richtung davon.

Seit Tagen beobachtet er nun einen Mann, der, am Strand stehend, scheinbar extasische, manchmal Tai-Chi ähnliche Bewegungen vollbrachte. Johnny sagten diese Verrenkungen nichts. Ebenso wenig wusste er zu deuten, weshalb der Mann neben seinen dubiosen Verrenkungen stundenlang den Strand auf- und ab spazierte. Dann und wann saugte der Spaziergänger an einem glühenden kleinen rollenähnlichen Ding und stieß, trotz des lauen Sommertages, eine Art Rauhreifschweif aus. Dabei legte er den langen Stock, den er sonst ständig in seiner Hand hielt, ab.

Manchmal kamen andere Menschen vorbei, hielten kurz inne, stellten dem Mann dubiose Fragen nach dem persönlichen Erfolg und entfernten sich wieder. Schnell nahm der Mann den Stock dann wieder in die Hand und hantierte damit weiter auf seine ihm eigentümliche Art.

Fluchen konnte dieses Mannsbild auch. Manchmal war ihm das Wasser zu klar, dann wieder stimmte die Windrichtung nicht, ein anderes Mal gingen ihm die Fragen der vorbei kommenden Menschen auf die Nerven und fast immer bemängelte er die, wie er es ausdrückte, mangelnde Kooperations- Bereitschaft der Wassergeister. Heute war es ihm zu kalt, am nächsten Tag zu warm - Johnny konnte sich keinen Reim darauf machen, was der Mann damit meinte.

Johnnys Frau, ein paar Jahre älter als er und mit vielen Narben auf dem Körper, warnte nicht nur einmal davor, Menschen zu viel Aufmerksamkeit zu schenken. 'Johnny' sagte sie immer, 'Johnny, halt Dich von Unbekannten fern, vertrau nur Deiner Familie und nicht einmal dort den Dir nicht bekannten Typen'. Nachvollziehen konnte er diese Aussagen nicht, war er doch selbst ein ausgeschlafener Typ von stattlicher Statur, der sich zu behaupten wusste. Schon seit seiner Geburt hatte er sich durchbeißen müssen. Abgelegt in einer dunklen Ecke, ohne elterliche Liebe aufgewachsen und immer auf sich gestellt, hatte er sein Leben stets selbst in die Hand nehmen müssen.

Johnny sah den unwiderstehlich rot-schwarz blinkenden Fisch mit Eile vorbeiziehen und packte zu. Seine ganze Familie beobachtete ihn dabei, stierte jedoch nur dämlich vor sich hin, statt eine Warnung zu blubbern. Johnny verschwand mit fünf Metern pro Sekunde Richtung Strand und der Familie blieb nichts weiter übrig als darüber zu sinnieren, weshalb er heute so langsam schwamm und dann noch in die falsche Richtung.

Auch der Mann am Ufer, ein gewisser Jürgen R., packte zu — mit seinem Johnny so bekannten freudig verzerrten Blick hantierte er mit Kraft an dem Stock in seiner Hand. Es war das letzte, was Johnny in seinem Leben mitbekam. Diverse weiter Versuche des Mannes mit Stock, auch noch Johnnys Familie zu animieren, bleiben erfolglos. Man munkelt, das Johnny Salmonetti das köstlichste war, was der Mann seit langem auf dem Teller hatte.

Geordnet gelebt bis zum letzten Atemzug
von tiefer Trauer erfüllt
Glockengießermeister

Alwin von Stein

31.02.1930   bis   30.02.2020
Als Söhne: Knud-Detlev, Hansi und Elmar
als Töchter: Hannilore, Gerda und Knotilda
als Ehefrau mit wechselnden trauernden Gedanken:
Gretbilda von Stein, geborene Kiesel
sowie alle, die ihn kannten
Sein größter Wunsch, die Ruhe, soll erfüllt werden

Alwin v.Stein hat die Welt so geordnet verlassen, wie er gekommen war. An einem Sonntag im Jahre 1930 um exakt 12 Uhr mittags das Licht der Welt erblickend, hatte er sich genau 90 Jahre auf unserem Planeten aufgehalten, um dann am 30. Februar 2020 um 12 Uhr in den ewigen Osten zu segeln. Wer Alwin kannte, wusste, dass sowohl die Geburt, als auch der Tod weder eine Minute vor- noch eine Minute nach 12 Uhr eingetreten war.

Wie viele andere Menschen auch, hatte Alwin Erinnerungen an seine Kindheit. Nur dass die meisten Menschen sich an Vorkommnisse ab den 4. oder 5. Lebensjahr erinnern. Er aber erinnerte sich, wie bei seiner Geburt die Glocken der nahe dem Krankenhaus befindlichen Kirche ungestüm die Mittagszeit einläuteten. Der Knabe Alwin gab, als man ihn an den Beinen hochhob, um den ersten Schrei zu entlocken, nur ein dumpfes "BONG ... BONG ..." von sich. Da kein ostfriesischer Knabe der Familie je zuvor das Geläut der Dorfglocken so genau nachmachen konnte, wollte seine Mutter, dass er Pfarrer wird. Zum Urgroßvater von Alwin bestand diesbezüglich eine gewisse Ähnlichkeit. Dieser hatte bei seinem erscheinen auf der Erde als erstes Vogelstimmen imitiert. Urgroßvater Dietmar war dann beruflich viele Jahre als Schichtleiter in der Vogelfutterbranche tätig gewesen.

Alwin hatte sich dem Wunsch der Mutter widersetzt, Pfarrer zu werden. Unzählige nächtliche Gespräche zwischen den beiden, die so manches Mal in Weinkrämpfen der Mutter ausarteten, konnten ihn weder erschüttern noch zur Einsicht bewegen. Er wollte Glockengießer werden, da das Geräusch der Geburtsglocken nie wieder aus seinem Kopf verschwunden war. Die Ärzte sagten, es handele sich um einen Tinnitus, er aber war völlig davon überzeugt, dass ihm Gott von Geburt an den beruflichen Weg vorgegeben hatte. Zudem waren die Ohrgeräusche so laut, dass er einer beruflichen Ausbildung, in der Worte zu Taten und Ergebnis führen würden, niemals hätte folgen können. Alwin konnte nur gesehenes umsetzen.

So wurde er Glockengießer. Fünfzig Jahre seines Lebens waren mit der schweren Arbeit, dem gießen, und den in den letzten Arbeitsjahren immer unerträglicher werdenden Krach der Kirchenglocken erfüllt. Jede Glocke musste, so sie aus der Form geborgen war, auf die nur ihr zugedachten Töne, geprüft werden. Dieses unbeschreibliche Getöse setzte nicht nur seinen Ohren zu, sondern hinterließ auch bleibende Schäden im Gehirn. Den vielen mit Alwin geführten Gesprächen am Glockengießerstammtisch konnte man entnehmen, dass er keine Erklärung dafür fand, weshalb dieses Geläute nicht nur zur vollen Stunde, sondern zu jeder anderen, für ihn unwichtigen Gelegenheit, sein musste. Der Pfarrer hatte ihm erklärt, dass man früher mit dem Geläut die Gläubigen an ihre Pflicht zum Kirchgang erinnerte. Soweit so gut für Alwin, aber er fragte sich, ob Gott dies so geplant oder vorgegeben hatte, denn was sollte dieser mit Gläubigen anfangen, die sich nicht von selbst ihrer Pflicht zum Gottesdienst erinnerten, sondern quasi zum Kirchgang gezwungen wurden. Zudem ist Gott doch auch dort zuhause, wo man wohnt. Unwichtig war es für Alwin auch, Glocken zur Trauerfeier zu läuten. Von der Geburt an begibt sich der Mensch auf seinen Sterbeweg. Weshalb dann läuten, wenn man gegangen ist? Um zu wissen, dass Alwin tot ist? Spätestens wenn er fünfmal nicht zum Stammtisch erschienen wäre, hätte man es doch bemerkt. Wäre er boshaft, würde er behaupten, das Läuten geschieht ausschließlich, um die Anwohner zu nerven. Aber nun ja, zum Glück gibt es Glocken, denn sonst hätte er Pfarrer werden müssen. Hätte das gepasst, wo er doch nicht durch zuhören lernen und leben konnte?

Seine Frau hatte er über den Nordsüddeutschen Rundfunk kennengelernt. Nach dem Eintritt ins Rentenalter hatte er sich dort als Glockenimitator beworben und die Stelle bekommen. Wann immer beim Wort zum Sonntag die technische Glocke versagte, musste er einspringen und das künstliche Spiel weiterführen. Ohne Glockenspiel wäre das Wort unglaubwürdig geblieben. Im Alter von 89 Jahren beherrschte Alwin die Melodien von weltweit 235 verschiedenen Glockentönen. Dies führte dazu, dass die Radiohörer sich ihre Melodie der Woche aussuchten. Bei einem CD-Verkauf der schönsten "Wort zum Sonntag Glockentöne" hatte er einer sehr hübschen Dame das CD-cover signieren müssen. Diese heiratete er später und hatte sechs Kinder mit Ihr. Fünf seiner Kinder gingen ihm möglichst aus dem Weg, da er ihnen nie zuhörte und wollte, dass sie alle den Beruf des Pfarrers einschlagen sollten. Einer seiner Söhne, Knud-Detlev, hasste ihn zutiefst. So hatte Vater Alwin ihm seinen größten Wunsch, Pfarrer zu werden, abgeschlagen. Außerdem gab er seinem Vater die Schuld, dass er rothaarig zur Welt gekommen war. Ausschlaggebend für die zerbrochene Vater-Sohn Beziehung war aber letztlich der dringliche Wunsch des Vaters, Knut-Detlev solle Wortzumsonntagglockenläutimitatornachfolger werden.

Wir werden nie erfahren, ob Alwin von Stein jetzt voller Trauer ist. Es gehört zu den Geheimnissen des Lebens, nicht zu wissen, ob wir über uns selbst weinen, wenn wir diese Erde verlassen haben. Diesbezüglich ist es auch so gut, sich im Leben stetig mit sich selbst zu befassen und vor dem letzten Atemzug zu der Erkenntnis zu kommen, dass alles in Ordnung war, alles geregelt ist und es nichts gibt, worüber man mit schwerer Seele in den Wolken des Vergessens rastlos verbleiben muss.

Eine einzige Verfügung hatte Alwin seiner Frau und den Kindern hinterlassen. "Endlich", hatte er geschrieben, "Endlich darf ich meine Ruhe finden, muss die Glocken nicht mehr hören, darf mein Kopf zur Ruhe kommen. Bei meiner Beerdigung möchte ich auf keinen Fall die Glocken läuten hören. Da niemand weiß, wie lange die Seele noch auf Erden verbleibt, möchte ich diese nicht mit dem belasten, was ich im Grunde im Leben so gehasst habe. Meine letzte Ruhestätte soll dort sein, wo keine Glocke die Ruhe meiner Unendlichkeit mehr stören kann".

Frau von Stein hatte nicht die Kraft, sich um die notwendigen Beerdigungsformalitäten zu kümmern. Schon in der Todesanzeige hatte sie vermerkt, dass sie wechselnden trauernden Gedanken nachhing. Da nicht alle Erfahrungen gut waren, die sie in der Ehe mit Alwin gemacht hatte, bestünde möglicherweise die Gefahr, dass sie ein kleines bisschen boshaft werden könnte. Um dies zu vermeiden und mit dem Wissen, dass er Ambitionen zum Pfarrer hat, beauftragte sie Knud-Detlev damit, eine würdige Grabstätte für den Vater zu finden.

Mehr als dreihundert Trauergäste säumten den Friedhof, als Alwin zu Grabe getragen wurde. Knud-Detlev viel es schwer, die Fassung zu behalten. Eine unerklärliche Ruhe stieg in ihm auf. Immer wollte er seinem Vater einen Wunsch erfüllen, doch dieser hatte stets jegliche Zuwendung abgelehnt. Seinen gesamten Erbteil hatte er investiert, um sich die Glocke mit dem dumpfsten Klang in Rekordzeit gießen zu lassen und auf dem kleinen Friedhof zum Schwingen zu bringen. Jetzt, im Tod, hat er es geschafft, dass sein Vater ihm zuhört, in der Hoffnung, dass nicht jede Seele vergeht.

BONG ..... BONG ..... schallte über das Grab. Asche zu Asche, Staub zu Staub.

Die vier Fragen

Niemanden hatte er erzählt, was ihm die Stimme gestern Abend zu Hause in seiner Villa im Taunus gesagt hatte: "Raus aus den ausgetretenen Pfaden, Frank. Such Dir die Freiheit, die über den Wolken grenzenlos ist. Flieg den Vogel dahin, wo Du willst. Flieg ihn einmal im Leben in Deine Freiheit und lass Dir die Antwort auf Deine Lebensfragen geben".

Wie vorgeschrieben folgte Frank den Anweisungen der Flugsicherungsstelle des Frankfurter Flughafens. Seit 20 Jahren hatte er die richtige Startbahn gefunden, den silbernen Kranich dann mit fast 300 Stundenkilometern abgehoben und in den Wolken über dem Taunus auf Kurs gebracht. Zielflughafen Miami heißt seine offizielle Order.

"Entspannen Sie sich mal, einfach ausspannen" hatte der Betriebspsychologe der Fluggesellschaft zu ihm gesagt, und: "Machen Sie mal das, was Sie schon immer wollten, leben sie es einfach aus". Es hatte Frank nachdenklich werden lassen – zu tun, was schon immer sein Wunschtraum war.

Frank von Busemann fühlte sich wohl. Endlich raus aus dem jahrelangen Trott der Vorschriften, Normen und präzise vorgegebenen Flugrouten. Auf dem gewählten Kurs 180 Grad Süd formt der Bug seines Airbus lange Wellen durch die Luftschichten in 10.000 Metern Flughöhe. Nur wer dort draußen auf den Wolken sitzt, kann das gleichmäßige Rauschen hören, welches den 296 Passagieren in der Kabine durch den Schallschutz der Außenhaut verborgen bleibt.

Einige der Passagiere nutzen regelmäßig diesen Flug nach Miami. Sie schauen aus den Fenstern, bemerken nicht, dass dieses Mal die Route in eine andere Richtung statt nach Westen verläuft. Nur wenigen kommt es komisch vor, dass die Sonne heute Morgen in einer anderen Himmelsrichtung aufgeht. Aber was ändert sich nicht alles in unserer heutigen schnelllebigen Zeit denken sie und widmen sich wieder ihrer

Zeitung. Diejenigen, die sich nicht wundern, sind gemeinsame Träumer auf ihrem Weg mit Frank Busemann.

Nach so vielen Jahren als Pilot weiß Frank genau, wo die da draußen auf den Wolken sitzen. Sie tarnen sich als Flugbeobachter, um unerkannt zu bleiben. Sie teilen den Luftfahrtgesellschaften jeden noch so kleinen Fehler ihrer Piloten mit. Er bemerkt schon, dass sie erstaunt sind, dass jemand jetzt diese Route fliegt. Es entspricht nicht ihrer Erfahrung, dass diese Luftverkehrsstraße um diese Zeit genutzt wird. Franks erhobener Daumen aus dem Fenster signalisiert ihnen jedoch, das der Pilot genau weiß, wohin er will, auch wenn dies nicht bedeutet, er fliege nicht in die Richtung, in die er eigentlich sollte. Frank sieht, dass sie sich beruhigt abwenden, ohne eine Meldung an die Fluggesellschaft abzusetzen.

Frank Busemann kennt seinen Traum genau. Seit er mit der Fliegerei vor vielen Jahren angefangen hatte, wusste er, das er ihn eines Tages ganz weit oben treffen würde, den, der die Welt gebaut hat. Er hat vier Fragen an ihn, die ihn seit Jahren beschäftigen und auf die er nie eine Antwort gefunden hat.

Ohne dass der Pilot eingreift, verringert der Airbus langsam seine Geschwindigkeit und biegt in eine lange helle, vertraut wirkende Wolkenallee ein. Am Ende dieser Luftstraße teilt sich eine große Wolke in der Mitte und symbolisiert den Flug durch ein Tor. Das Fluggerät kommt zum Stehen. Busemann legt den Sicherheitsgurt ab, steht auf und schaut auf die 296 Träumer in der Kabine, die von allem nichts mitbekommen haben.

Frank öffnet die Flugzeugtür und erkennt ihn sofort, nicht am Gesicht oder dem Körper, sondern an der Aura der Freundlichkeit, Wärme und einer tiefen, jegliche Angst nehmenden Stimme.

"Ich musste zu Dir kommen, da ich vier Fragen an Dich habe", sagte Frank zu ihm.

"Ich will versuchen, Dir Deine Fragen zu beantworten, da es, wie ich annehme, die Fragen aller Menschen sind". Frank erkannte sofort, dass sein Gegenüber genau wusste, was er gefragt werden würde.

"Die Antworten auf Deine und viele weitere Fragen habe ich den Menschen bewusst nicht mitgegeben. Ohne Fragen und unerklärte Dinge würde der Mensch auf Erden im Chaos versinken. Denke zum Beispiel mal darüber nach, wenn Du wüsstest, wie die Antwort auf die meist gestellte innere Frage "Wann werde ich sterben" bekannt wäre. Chaotischer noch das "Wie werde ich sterben". Also leg los Frank, alle vier Fragen nacheinander:

Wie / was ist der Tod?

"Wenn Du in den Himmel schaust, weißt Du, das Vergangenheit, Gegenwart und Zukunft eins sind. Der Tod ist nur das Ende Deiner gesammelten Erfahrungen im Jetzt".

Gehst Du jeden Weg mit mir ?

"Ja, aus Neugier. Manchmal helfe ich, manchmal nicht. Ich bin immer bei Dir, aber Deinen Stein behaue selbst!"

Verteilst Du die Seelen?

Ja, die Seele, die ich Dir gegeben habe, ist rein, mit nichts gefüllt. Du selbst füllst sie.

Wie geht es Dir?

"Ich kenne die Fehler, die ich gemacht habe. Ich habe den Menschen ein Leben im Paradies geschenkt. Ihr zerstört es mutwillig. Ich hoffe immer noch, dass Du den besseren Weg findest. Solange ich hoffe, geht es mir gut".

"Du musst nun Deine Reise fortsetzen, Frank", sagte er, "Sonst wären alle Fragen unnötig gewesen".

Frank Busemann fliegt aus der Allee hinaus in die weiße Wolkenlandschaft.

Die Frage der Schwester unterbricht das blaue Licht im Aufwachraum der Intensivstation. "Wo sind Sie denn gewesen, Herr Busemann?" fragte sie. Aber Frank B. antwortet nicht. Hat er es nicht geschafft, die Antworten mit ins Leben zu nehmen, oder bringen ihm die Antworten nichts als Schweigen?

Zeitverschiebung
Soviel dreht sich,
Soviel steht,
Zeitverschiebung.
Ost zu West,
Nord zu Süd,
Welch Sinn, welch Unsinn der Welt, ob:
Der Morgen im Abendland, der Abend im Morgenland,
Gleiche Menschen, gleiche Zeit.
Zeitverschiebung als Paradox,
Zeitverschiebung, Krieg und Frieden.
So tief, die Liebe, ob Morgen oder Mittag.
Zeitverschiebung - gemacht durch Menschen,
warum ist 'Dunkel' Nacht und, 'Licht' Tag?
Wer gab die Namen – wer den Sinn?
Tag gleich Schlaf, Nacht gleich wach,
Zeitverschiebung, Mensch lass dir nicht sagen,
ob Tag oder Nacht, nur Du bestimmst das Licht.

Zum Autor

Horst Martens, geboren 1954, Kapitän auf Großer Fahrt (AG) Dipl. Ing. für Seeverkehr, Zusatzstudium Gefahrgut in England, Sicherheitsingenieur, langjährige Beratungstätigkeit in Nahost und Erstellung eines Sicherheitshandbuches für arabische Seehäfen. Bis zur Pensionierung Angestellter der Europäischen Raumfahrtbehörde ESA. Ehemals Mitglied im Redaktionsrat einer Sicherheitszeitschrift, Veröffentlichung einiger short stories in Kurzgeschichtenbänden Deutscher Verlage. Zahlreiche Publikation von Fachartikeln in renommierten Zeitschriften in England, den USA und Deutschland.